本当にあった？
世にも不思議《ふしぎ》なお話

たからしげる編

PHP

まえがき

このシリーズ（全三巻《かん》）には、児童書《じどうしょ》界の第一線で活躍《かつやく》している三十人の著名《ちょめい》作家が、身のまわりで「本当にあった」出来事をもとに書き下ろした三十のお話を収《おさ》めています。どのお話も、不思議《ふしぎ》で、奇妙《きみょう》で、不可解《ふかかい》といっていいでしょう。それはたしかに本当にあったことではあるのですが、にわかには信《しん》じてもらえそうもないお話ばかりです。

病院で大きな手術《しゅじゅつ》を受けているまっ最中《さいちゅう》だというのに、その子が街《まち》を歩いていて、あなたとばったり出くわす、なんてことがあるでしょうか？　幼《おさな》い子には妖《よう》精《せい》が見えるといいますが、それはその子が勝手に想像《そうぞう》したまぼろしにすぎないのでしょうか？　それとも、お皿にのせておいたビスケットを、だれも見ていないときにこっそり食べにくる、正体不明《ふめい》の生き物なのでしょうか？　人と人とを結《むす》び合わせる運命の糸って、本当にあるのでしょうか？

この巻《かん》に収《おさ》められた作品のキーワードは「不思議《ふしぎ》」です。だれにも説明《せつめい》できない「世にも不思議《ふしぎ》なお話」ばかり、十編《ぺん》をそろえました。その作風は、大きく二つに分かれます。一つは「本当にあった」ことをもとに、作家としての想像力《そうぞうりょく》をさらに加《くわ》えて、一つの物語に仕上げたものです。もう一つは、作家の身におきた不思議《ふしぎ》な出来事をそのまま、みなさんに紹介《しょうかい》したものです。どちらの作風も、読みごたえたっぷりです。

この一冊《さつ》を読んで、もっとたくさん読みたいよー、と思った人は、残《のこ》る作家二十人によるシリーズの姉妹編《しまいへん》『本当にあった？　世にも奇妙《きみょう》なお話』『本当にあった？　世にも不可解《ふかかい》なお話』の二冊《さつ》もぜひ、手にとってみてくださいね。

それではみなさん、世にも不思議《ふしぎ》な世界へ……。

二〇一七年　春

編者《へんじゃ》　たからしげる

本当にあった？

世にも不思議《ふしぎ》なお話

＊目次

Design
印牧真和
Illustration
shimano

本当にあった？世にも不《ふ》思《し》議《ぎ》なお話

お、ぼ、え、て、る？

山本省三《やまもとしょうぞう》

　わたしは、急いでいた。さくらが丘《おか》行きのバスの発車まで、あと五分しかない。そのバスに乗り遅《おく》れたら、塾《じゅく》に遅刻《ちこく》してしまう。

　バス停《てい》は、家から短い商店街《しょうてんがい》を抜《ぬ》けた大通りの薬局の前にある。わたしの足で七分かかるのだ。

　ちょうど、商店街《しょうてんがい》にさしかかったときだ。

「あやちゃん、牧田《まきた》あやちゃんだよね」

向かい側《がわ》から歩いてきた、顔色が青白く、やけにやせている同い年くらいの女の子が声をかけてきた。

「わたし、今野《こんの》ゆき子、覚《おぼ》えてる？」

そう聞かれて、わたしは彼女《かのじょ》の顔をじっと見た。しかし悪いけれど思い出せない。

「ごめん、わたし、急いでるの」

わたしがペコリと頭を下げて、通り過《す》ぎようとしたとたん、彼女《かのじょ》のやせた体には似《に》つかわしくない強い力で、うでをつかまれた。

「待ってよ、わたし、あやちゃんにとっても会いたかったんだから」

「で、でも」

わたしは彼女《かのじょ》の手をふりほどこうとした。ところが彼女《かのじょ》は指先にいっそう力をこめて、わたしのうでをはなさない。

「ほら、一年生のとき、あやちゃん、わたしを助けてくれたじゃない」

わたしはまだ思い出せない。それに商店街《しょうてんがい》の時計の針《はり》は、バスの発車まですでに四分を切ったところをさしている。

わたしは大きく息を吸《す》ってから、彼女《かのじょ》の話を聞くつもりがないことをきっぱり話そうとした。

「もう、行かなくちゃいけ……」

そこまで言いかけたとき、突然《とつぜん》、彼女《かのじょ》の目から大粒《おおつぶ》の涙《なみだ》がこぼれ出した。わたしはびっくりして、言葉を続《つづ》けられなくなった。

わたしがあぜんとしていると、彼女《かのじょ》は涙《なみだ》をぬぐおうともしないで、自分の話の続《つづ》きをしゃべり始めた。

「わたし、間違《まちが》えて男子トイレに入っちゃったんだよね。それをクラスの悪ガキのユウサクに見つかってさ。逆《ぎゃく》に男子トイレに閉《と》じ込《こ》められそうになったの。そしたら、あやちゃんが来て助けてくれたんだよ。ほんと、うれしかった。それに、給食《きゅうしょく》で、わたしがシイタケを残《のこ》したら、やっぱりユウサクに食べろっていじめられて。そのときもあやちゃんがいっしょに残《のこ》そうっていってくれたの。すごく、助かった。もう、思い出すだけで泣《な》けてきちゃう」

彼女《かのじょ》は、そこまで話して、やっとハンカチを取り出して涙《なみだ》をふいた。

時計を見ると、もう一分しかない。間に合わないので、十分後の次のバスにするしかない。

わたしはあきらめて、彼女《かのじょ》の話に少しだけつきあうことにした。それはユウサクの名前に聞き覚《おぼ》えがあったからだ。

「ユウサクって、上原友作《うえはらゆうさく》のこと？」

彼女《かのじょ》はだまってうなずいた。

「友作《ゆうさく》は、今はクラスが違《ちが》うけど、相変《あいか》わらず悪ガキだよ」

「そう。わたし、入学してから、二カ月ぐらいで転校しちゃったから。そのあとも転校続《つづ》きでさあ。みんながどうしてるか、全然《ぜんぜん》知らなくて」

そうか、彼女《かのじょ》とはほんの少ししかいっしょにいなかったんだ。それに五年も前のことだし。だから、覚《おぼ》えていないのは、当たり前かもしれない。

「あやちゃんには、いろいろ助けてもらって、わたし、友だちになりたかったの。でもなかなか言い出せなくて。そうしているうちに引っ越《こ》すことになっちゃってね。だけど、あやちゃんのこと、ずうっと忘《わす》れなかったよ」

「ふうん、そうだったんだ」

「だから、きょう、見かけて、すぐ、あやちゃんだってわかったの」

わたしは正直にあやまった。

「そっちは、しっかり覚《おぼ》えててくれたのに、わたし、思い出せなくてごめんね」

「いいの、いいの。こうしてあやちゃんに会えて、話せたからいいの」

「それで、きょうこっちに戻《もど》ってきたのは、何か用事?」

「うん、隣町《となりまち》の病院に来たの。それでなつかしくて、ここまでぶらぶら歩いてきちゃった」

「病院って、家族かだれか、入院してるの?」

「ちょっとね」

彼女《かのじょ》はそれ以上《いじょう》、病院については話したくないようだった。

わたしはまた時計を見た。次のバスまであと五分だ。わたしは、時計を指さしていった。

「この先のバス停《てい》で五分後のバスに乗らなくちゃ。じゃあね」

「ひきとめてごめんね。じゃあ、また」

彼女《かのじょ》はわたしの連絡先《れんらくさき》を聞こうとはしなかった。わたしもよく覚《おぼ》えていない彼《かの》女《じょ》とまた会いたいとは思わなかった。

わたしと彼女《かのじょ》は、手を振《ふ》りあって、おたがい反対方向へと別《わか》れた。

ウ〜ウ〜、ピーポーピーポー。

商店街《しょうてんがい》を抜《ぬ》けて、大通りの歩道をバス停《てい》に向かって歩いていると、何台もの消《しょう》防車《ぼうしゃ》とパトカーが通り過《す》ぎていく。道路の先の方を見ると、黒い煙《けむり》がもくもくあがっているように見える。交通事故《じこ》だろうか。

そのうちに車が進まなくなり、バス停《てい》に着いた頃《ころ》には、前にも後ろにもじゅずつなぎになってしまった。

「ああ、これじゃあ、塾《じゅく》、大遅刻《ちこく》になっちゃう」

わたしはひとりごとをいいながら、薬局の前の公衆《こうしゅう》電話に向かった。塾《じゅく》に二十分以上遅《いじょうおく》れると、家に確認《かくにん》の電話がかかってくるからだ。その前に家にいる母親に話しておかないと、心配をかけてしまう。学校で禁止《きんし》されているので携帯《けいたい》電話は持っていない。

トゥルゥッ。

「はい、もしもし」

電話の呼《よ》び出し音が鳴ると同時に、受話器《じゅわき》が持ち上げられ、母親の妙《みょう》に焦《あせ》った声が聞こえてきた。

「わたし、あやだけど」

「あやあっ！」

母親は、それだけいうと、受話器《じゅわき》の向こうでおんおんと泣《な》きだしてしまった。

その日、わたしは塾《じゅく》を休んだ。正確《せいかく》にいえば、塾《じゅく》が休みになったのだ。家にそのまま帰ると、母親は玄関《げんかん》のドアの外で待っていて、わたしを抱《だ》きしめて、まだ震《ふる》えている声でいった。

「あやが出かけて、十五分くらいして、塾《じゅく》から電話があったのよ。塾《じゅく》の前でバスが事故《じこ》に巻き込《まこ》まれましたが、お宅《たく》のお嬢《じょう》さん、乗っていませんかって。それで驚《おどろ》いて、とにかくバス停《てい》まで確《たし》かめに行こうとしたら、あやから電話があったってわけ」

そこまで一気にしゃべってから、母親はまた涙《なみだ》ぐんだ。

しばらくして、塾《じゅく》から母親の携帯《けいたい》電話にメールが届《とど》き、事故《じこ》のようすがわかった。

塾《じゅく》のまん前のバス停《てい》で、停《と》まろうとしたバスに、反対側《はんたいがわ》車線からダンプカーが突《つ》っ込《こ》んできたのだという。そしてガソリンに火がついたのか、バスはあっという間に燃《も》え上がり、気の毒《どく》なことに、運転士《うんてんし》さんと五人の乗客が焼《や》け死んでしまったのだ。そのうちの二人は、学校は違《ちが》うが、顔見知りの塾《じゅく》の生徒《せいと》だった。

そのバスに、わたしも乗るはずだったのだ。


わたしは、母親に、なぜバスに乗り遅《おく》れたかを話した。

聞き終えた母親はいった。

「ゆき子ちゃんは、あやの命の恩人《おんじん》ね。会ってお礼をいわなくちゃ」

「でも、住所も電話番号も聞かなかった」

「一年生のとき、いっしょだったクラスの子に聞けばわかるかもしれないわよ」

わたしは、さっそく一年生のときに同じクラスだった数人の友だちに電話をしてみた。

しかし、わたしと同じように、だれも彼女《かのじょ》のことを覚《おぼ》えていなかった。だから、引っ越《こ》し先ももちろんわからなかった。

そこで母親が、学校に問いあわせたが、個人情報《こじんじょうほう》ということで教えてはもらえなかった。

「やっぱり学校をたよるのは無理《むり》ね。転校続《つづ》きだったみたいだし。そうだ、あや、ゆき子ちゃんは、どうしてこっちへ戻《もど》ってきてたの？」

「あっ、隣町《となりまち》の病院に用事があるっていってた！」

「隣町《となりまち》の病院って、青葉《あおば》病院のことじゃない。他に病院と呼《よ》べるようなところはないから」

「でも病院だって、教えてくれないでしょ」

「もし、通院してたら会えるかも。あと、家族が入院してるなら、お見舞《みま》いにときどき来るんじゃない。手がかりが見つかるかわからないけど、とにかく、明日《あした》、学校が終わったら、行ってみましょうよ。塾《じゅく》は当分お休みだしね」

「そうだね、ゆき子ちゃんの話、ゆっくり聞いてあげなかったから。あやまりたいし」


あくる日、わたしは、母親といっしょに隣町《となりまち》の青葉《あおば》病院に出かけた。

病院の受付《うけつけ》で、母親が、今野《こんの》ゆき子という女の子が通院、あるいは同じ名字の人が入院していないか聞いてみた。

「こちらでは、患者《かんじゃ》さんについては、いっさいお教えすることはできないんです。申しわけございません」

受付《うけつけ》の女の人の答えは思った通りだった。

しかたなく、わたしたちは、待合室で、しばらく、彼女《かのじょ》がひょっこりやって来ないかと、かすかな期待を持って待つことにした。青葉《あおば》病院は、割《わり》と大きく、待合室では常《つね》に三十人ほどが受診《じゅしん》や支払《しはら》いなどの手続《てつづ》きをしていた。

十分くらいたってからだろうか。母親が、わたしたちのそばを通り過《す》ぎようとした看護師《かんごし》の女性《じょせい》に声をかけた。

「あら、道代《みちよ》さんじゃない？　こちらの病院に変《か》わったの？」

「まあ、牧田《まきた》さん、お久《ひさ》しぶり。まだテニス続《つづ》けていらっしゃるの？」

道代《みちよ》さんは、母親と同じテニススクールに一年くらい前まで通っていたのだった。

「わたし、勤《つと》め先《さき》の病院をこちらにしたら、時間が合わなくなってしまってね」

「それでスクールをやめられたのね」

母親がそういうと、道代《みちよ》さんがわたしと母親の顔を見くらべていった。

「まあ、お嬢《じょう》さんね。よく似《に》てらっしゃるわ。ところで、どちらか、具合がお悪いの？」

母親が首を横に振《ふ》って、この病院に来たわけを話した。

そして、今野《こんの》ゆき子という名前を口にしたときだった。道代《みちよ》さんの顔色が変《か》わった。

「そ、それ、ほんとなの？　お嬢《じょう》さんは、あやさんって名前でいいのよね。ちょっと、ここで待っていてくださる？」

道代《みちよ》さんは、あわてた様子で、立ち去った。しばらくして、戻《もど》ってきた道代《みちよ》さんはいった。

「ゆき子ちゃんのお母様が、あやさんにぜひお会いして、お話ししたいそうです」

わたしは思わず聞いた。

「ゆき子ちゃん、この病院にいるの？」

道代《みちよ》さんは、ちょっとためらってから、答えた。

「とにかく、お二人をお母様のいらっしゃるところまでご案内《あんない》します」

エレベーターに乗って、わたしたちが連《つ》れて行かれたのは、集中治療室《ちりょうしつ》のある階だった。

エレベーターの横には談話室があり、そこで母親と同い年くらいのやせた女性《じょせい》が待っていた。

「わたし、ゆき子の母親です。あなたが、あやちゃんね。娘《むすめ》から聞いていました。今、ゆき子のお世話をしてくれている看護師《かんごし》さんからお話を聞いて驚《おどろ》きました」

道代《みちよ》さんがいった。

「わたし、偶然《ぐうぜん》ですけど、ゆき子ちゃんの担当《たんとう》だったんです。お二人から話をうかがって、これは、お母様に知らせなくてはと。それでは、わたしはこれで」

「ありがとう、道代《みちよ》さん」

母親が立ち去る道代《みちよ》さんの背中《せなか》に、そう声をかけた。

そして、わたしたち三人は、ソファーに腰《こし》をおろし、話し始めた。彼女《かのじょ》の母親の話は、わたしには信《しん》じられないものだった。

彼女《かのじょ》、ゆき子ちゃんは、重い心臓病《しんぞうびょう》を患《わずら》い、手術《しゅじゅつ》を受けるため、わざわざ評判《ひょうばん》の良《よ》いこの病院に入院したというのだ。それがたまたま一年生の時に過《す》ごした町の近くで、病室の窓《まど》から、小学校のある方をながめては、何度もわたしに会いたいといっていたという。そして、何と手術《しゅじゅつ》は昨日《きのう》行われ、わたしが彼女《かのじょ》と会った時間は、そのまっ最中《さいちゅう》だったのだ。

「でも、わたし、十分くらいと短かったけれど、たしかにゆき子ちゃんと会って話しました。うそじゃ、ありません」

彼女《かのじょ》の母親は大きくうなずいた。

「ゆき子はあやちゃんのことが大好《だいす》きだったみたいで、前から、いつか会いたいっていってました。転校ばかりで、友だちができなくて、きっとあやちゃんが一番の思い出だったのでしょう。その気持ちが、不思議《ふしぎ》なことを起こさせたのだと思います」

わたしは、聞くのをためらっていたことを思いきって口にした。

「で、今、ゆき子ちゃんは？」

そのとたん、彼女《かのじょ》の母親は、顔を曇《くも》らせた。

「ゆき子の手術《しゅじゅつ》、成功《せいこう》したはずなんですが、まだ、意識《いしき》が戻《もど》らないので、とても心配しているんです。あやちゃん、ゆき子に会ってやっていただけます？」

わたしたちは、医師《いし》の許《ゆる》しを得《え》て、白衣《はくい》にマスクをつけ、帽子《ぼうし》をかぶり、彼女《かのじょ》のいる集中治療室《ちりょうしつ》に入った。

彼女《かのじょ》は全身に管《くだ》をつながれ、ベッドの上で眠《ねむ》っていた。顔をのぞき込《こ》むと、商《しょう》店街《てんがい》で会った彼女《かのじょ》に間違《まちが》いなかった。

彼女《かのじょ》の母親に促《うなが》されて、わたしは彼女《かのじょ》に声をかけた。

「ゆき子ちゃん、わたし、牧田《まきた》あや、覚《おぼ》えてる？」

その時だ。彼女《かのじょ》がうっすらと目をあけて、とぎれとぎれにつぶやいたのだ。

「お、ぼ、え、て、るって」

それから、彼女《かのじょ》はぐんぐん回復《かいふく》して、一カ月後には、普通《ふつう》に歩けるようになった。

彼女《かのじょ》と彼女《かのじょ》の母親からは、わたしが、彼女《かのじょ》の命を救《すく》ってくれたと感謝《かんしゃ》された。

おたがい命の恩人《おんじん》となったわたしたち。こんな奇跡《きせき》はない。さあ、これから、ほんとうの友だちになって、一生変《か》わらない友情《ゆうじょう》を育てていこうと、わたしたちは誓《ちか》いあった。

運命逆転《ぎゃくてん》スイッチ

高橋《たかはし》うらら

リンは、四年生一学期の始業式の朝、げんかんに置《お》いた手さげぶくろを、ひっつかむようにして家を出た。

丘《おか》の上から坂をおり、細い体を前のめりにさせ、タッタと歩いていた。

横断《おうだん》歩道のない場所で、国道にぱっと飛《と》び出した。ぐうぜん車が通っていなかったので、今ならわたれると思ったのだ。

しかし、その道は、ピンクのさくら並木《なみき》のむこうで、大きくカーブしていた。

つまり、近づいてくる自動車が見えていなかった。

走ってくる白い車。キキキキッ！

「キャアアア！」

目の前が、真っ暗になった。

頭が痛《いた》い。暗い闇《やみ》の底《そこ》へ、引きずりこまれていくような感じがする。

もしかして、このまま死んじゃうのか、と思ったときだ。

「……リン！　リン！　死んではいけない」

しゃがれた男の声が、聞こえた。だれ？

「おすんだ、スイッチを！」

……スイッチ？　どこの？

「おまえの額《ひたい》のまん中を早くおせ！」

いわれるまま、指先を額《ひたい》の中央にのばす。

あともう少し……。カチッ！

そのとたん、ふっと体が楽になった。やっと目が開いた。

リンは道路のコンクリートの上に、指で自分の額《ひたい》をさしたまま、うつぶせに倒《たお》れていた。

知らないおじさんが、ひっしにかたをゆり動かしている。運転していた人かもしれない。

「いきなり飛《と》び出すんだから！」

ピーポーピーポー！　救急隊員《きゅうきゅうたいいん》がかけよってきて、タンカに乗せられ、病院へ運ばれた。

自動車にはぶつからずに済《す》んだが、転んだはずみに頭を強く打ったので、しばらく入院することになってしまった。

額《ひたい》に包帯《ほうたい》をまかれ、病室のベッドに横になった。

母親は、泣《な》きながら、リンをしかった。

「打ち所が悪かったら、死んでいたって！」

幸いなことに、一週間後、退院《たいいん》の許可《きょか》がおりた。しばらく様子を見て異常《いじょう》がなければ、あとはもう心配ないという。

家に帰る。洗面所《せんめんじょ》で包帯《ほうたい》のとれた額《ひたい》を見て、気がついた。

赤い丸の印《しるし》がある！　額《ひたい》の中央の皮膚《ひふ》が、そこだけ、うっすらと赤い。

「これって、もしかして、わたしを救《すく》ってくれた、あのスイッチ？」

その赤い丸は、痛《いた》くもかゆくもなかった。しかも何日かすると、すっと消えてしまった。


夏が過《す》ぎ、秋の運動会には、元気に出場することができた。足の速いリンは、クラス対こうリレーの選手《せんしゅ》にも選《えら》ばれた。

ぬけるような青空の当日。

家族もお弁当《べんとう》を持って、おうえんにかけつけている。

四年生女子のリレーでは、一組と二組から、選手《せんしゅ》が五人ずつ出て、競《きそ》いあう。

リンは一組のアンカーで、最後《さいご》に走る。

パン！

スタートの合図で選手《せんしゅ》が走り出した。次から次へ、バトンがわたされていく。

でも二組がだんぜんリード。差《さ》が開いて、このままでは、いくら足の速いリンでも、ぬくのはむずかしいかもしれない。

「一組、がんばれー！」

リンは両手を口に当て、なかまをおうえんした。

そのとき、ふと気がついた。左手の甲《こう》のまん中が、丸く赤くなっている。交通事故《じこ》のときの額《ひたい》の丸と、同じくらいの大きさだ。

ひょっとして、これもあのスイッチだったりして……？

そこで、いよいよ自分の順番《じゅんばん》が来たとき、こっそり人差《ひとさ》し指でおしてみた。

スイッチ、オン！　カチッ！

スタート位置《いち》でかまえる。

となりでは、二組の選手《せんしゅ》が走ってきて、バトンの受けわたしをしている。

すると、バトンがぽろりと落ちて転がるのが、スローモーションの動画のようによく見えた。

二組のアンカーが、あせって拾いあげている。そのすきにリンは、前の選手《せんしゅ》から、さっとバトンを受け取る。追いついた！

ぜったい勝つ！　あともう少し！

すごい歓声《かんせい》だった。とうとう先にゴール！　リンの一組は、一発逆転《ぎゃくてん》で勝利《しょうり》！

「やったー！」

クラスのみんなは、おどりあがって喜《よろこ》んでいる。

リンも、ガッツポーズを決めた。

数日すると、左手の赤い丸は、またすっと消えてしまった。

リンは、自分の運命を変《か》えてくれたこのスイッチを、「運命逆転《ぎゃくてん》スイッチ」と命名することにした。

それからも、そのスイッチは何度もリンの顔や手に現《あらわ》れた。

ピアノの発表会で、あがって失敗《しっぱい》しそうになったとき。ねぼうして、塾《じゅく》のテストにおくれそうになったとき。

スイッチさえおせば、いつもピンチを乗りきれた。

「これを使えば、どんなこともうまくいく」

リンは、本気でそう思った。


それは、五年生の秋、遠足で山登りに行ったときのことだ。

体操服《たいそうふく》を着た生徒《せいと》たちが二列にならび、先生の引率《いんそつ》で、登山道を歩く。

赤や黄色に紅葉《こうよう》した森。頂上《ちょうじょう》に着き、息をのんだ。

海のむこうに富士山《ふじさん》も見える。

「わあ、きれいだね！」

ところが、お弁当《べんとう》を食べ終わったとき、急に空もようがあやしくなった。

あたりが暗くなり、遠くでかみなりも鳴りはじめている。

男の先生がさけんだ。

「嵐《あらし》が来たら危《あぶ》ない！　すぐ下山しよう！」

リンも、なかのいい陽菜乃《ひなの》とならんで、必死《ひっし》に山を下りた。

陽菜乃《ひなの》はちょっと太めで、何をするのもゆっくりなタイプ。いつもリンが何かと世話を焼《や》いている。

すると、陽菜乃《ひなの》がしゃがんで、スニーカーのひもを結《むす》び直し始めた。

リンも立ち止まって、そばにつきそった。他の子たちは、先に下りていく。

一番後ろについていた先生まで、あわてていたのか、いつの間にか少し先に行ってしまった。

ひもを結《むす》び終わり、後を追いかける。でも、道が曲がりくねっていて、前を行く列が見えない。おかしい。どこかで道をまちがえた？

気がついたときには、二人だけとり残《のこ》されていた。雨が、ぽつりぽつりと落ちてきた。あっという間にザーザーぶりになった。

ずぶぬれで、下着までびちゃびちゃして気持ち悪い。

ピカッ！　ゴロゴロゴロ！

「かみなりが、ここに落ちたらどうしよう！」

黒こげになる自分たちを想像《そうぞう》し、二人は、だきあってふるえていた。すると、ピカッ！

またあたりが明るくなった瞬間《しゅんかん》、陽菜乃《ひなの》がいった。

「あれ？　リンの左のほっぺたに、赤い丸ができてるよ」

……運命逆転《ぎゃくてん》スイッチだ！

リンは、右の人差《ひとさ》し指を、ほっぺたにのばした。

「ここ?」

「そう、そこ!」

スイッチ、オン! カチッ!

そして、おなかに力を入れ、大声でさけんだ。

「だれか、助けてぇ! 助けてぇ!」

それから一分もしないうちに、聞こえてきた。先生の声だ。

「おーい! どこだぁ!」

「ここです! 先生!」

「早く列にもどれ!」

やはり二人だけ、脇《わき》の道に入ってしまったらしい。

こうして無事《ぶじ》みんなに会うことができた。

やがてかみなりもおさまり、無事《ぶじ》下山した。

よかった！　助かった！

後になって、陽菜乃《ひなの》が聞いてきた。

「あのとき、どうしてほっぺたをぎゅっとおしたの？」

「じつはね……」

リンは運命逆転《ぎゃくてん》スイッチのことを、初《はじ》めてほかの人に話した。

しかし、陽菜乃《ひなの》はへらへら笑《わら》っている。

「そんなの、ただのぐうぜんだよ。ほっぺたに赤い丸ができたのは、寒さのせい。交通事故《じこ》や運動会のときも、すり傷《きず》や湿疹《しっしん》で、たまたま赤い丸ができただけだってば」

「ちがうよ！　本当に運命逆転《ぎゃくてん》スイッチの効果《こうか》があったんだよ！」

いくらそういっても、信《しん》じてもらえなかった。

それでも陽菜乃《ひなの》とは、それからもずっとなかがよかった。ところが、六年生の春、つまらないことでケンカになった。

陽菜乃《ひなの》が好《す》きな男子の名を、リンが他の子にしゃべってしまったからだ。

「リンなんか、サイテーだよ」

いつもおとなしい陽菜乃《ひなの》なのに、このときはおこった。

おにのような顔で、リンを責《せ》める。

まわりの女子は陽菜乃《ひなの》に同情《どうじょう》して、リンのことを「おしゃべり」「口が軽い」とののしった。

こまった……。いったいどうしよう！

陽菜乃《ひなの》に、あやまらなくちゃ！

しかし、近づこうとすると、こっちをにらみつけて、はなれていく。それだけで、胸《むね》がズンと痛《いた》み、気持ちがなえた。

この前まで、あんなになかがよかったのに！

このまま、ずっと独《ひと》りぼっち？

泣《な》きたくなって、トイレに行ってなみだをふき、ふと鏡《かがみ》を見ておどろいた。

首すじに、あの赤い丸ができているではないか。

……運命逆転《ぎゃくてん》スイッチ！

でも、ここで初《はじ》めてあれっと思った。

陽菜乃《ひなの》と、この先どうなるかなんて、本当に運命で決まっているの？

それより、自分がこれからどうやってあやまるか、にかかっているんじゃないの？

もしかすると、これは運命を変《か》えるスイッチじゃないのかもしれない。

だけど、いつも自分をおうえんしてくれるスイッチ。だったら、信《しん》じてみようかな……。

そう決め、人差《ひとさ》し指でおしてみた。

スイッチ、オン！　カチッ！

……今すぐあやまろう！

教室に走って帰ると、陽菜乃《ひなの》に深く頭を下げ、自分の気持ちをそのまま伝《つた》えた。

「ごめんね。わたしが悪かった。もう二度としないから、ゆるして！　陽菜乃《ひなの》とずっと、なかよしでいたいの！」

いいながら、こらえていたなみだが、あふれ出た。まわりの子たちが、おどろいてふりかえっている。

陽菜乃《ひなの》は、さすがに気の毒《どく》に思ったのか、前みたいなやさしい顔にもどって、こういってくれた。

「わかったよ。もうぜったい秘密《ひみつ》は守ってくれるよね？」

「……もちろん！」

こうして陽菜乃《ひなの》は、やっと口をきいてくれるようになった。

それどころか、それ以来《いらい》、なんでも正直に話せる親友になった。

それにしても、このスイッチの正体は、いったいなんだろう。

リンは毎日考えて、こういう結論《けつろん》を出した。

「もしかするとこれは、運命を逆転《ぎゃくてん》させるスイッチじゃなくて、心を切りかえるスイッチなんじゃないかな。気合を入れ直して、もう一歩がんばってピンチをのりきるための」

そう考えれば納得《なっとく》できる。交通事故《じこ》、リレー、遠足、陽菜乃《ひなの》とのケンカ……みんなそうだ。

そしてさらに、こう気がついた。

「だけど心のスイッチなら、自分だけでも入れられるかもしれない。赤い丸はいろんなところに現《あらわ》れるけれど、あれは、今すぐスイッチをおせっていう合図なんじゃないかな」

リンは、試《ため》しにやってみた。

ピンチにあったら、たとえ赤い丸が現《あらわ》れなくても、頭の中に赤い丸と人差《ひとさ》し指を思いうかべ、心の中でおしてみる。

スイッチ、オン！　カチッ！

そうすると、思った通りだ。だれかが、ポンと背中《せなか》をおしてくれるような気分になって、がぜんやる気が出てくるのだ。

一番よかったのは、彼氏《かれし》をゲットできたことだ！

心のスイッチをおし、ずっと前から好《す》きだったハヤトに思い切ってコクった。

そしたらハヤトは、

「中学に入ったら、つきあってもいいよ」

といってくれた。

陽菜乃《ひなの》にも、ハヤトからいい返事をもらえたことを話した。するとようやく、このスイッチの力を認《みと》めてくれた。

「男子にコクるなんて、めっちゃ勇気《ゆうき》いるもんね。そのスイッチ、マジすごい！リンだけでなく、わたしにもあるのかな？　今度、コクるとき試《ため》しに使ってみようかな……」

陽菜乃《ひなの》も心の中でおしてみたら、けっこううまくいったという。

――そしてそれからというもの、あの赤い丸は、まるで役目を終えたといわんばかりに、もう二度とリンの体に現《あらわ》れなくなった。

それにしても、小学校四年生のとき、このスイッチのことを教えてくれた、あのしゃがれ声は、だれだったんだろう？

その答えがやっとわかったのは、六年生の夏休み、久《ひさ》しぶりに長野《ながの》県のおばあちゃんの家に行ったときのことだ。おばあちゃんに、

「子どもたちにも、この家のむかしの様子を知ってもらいたいわ」

といわれ、昭和のころ家族で写したビデオを、家族やしんせきみんなで観《み》た。

その古いビデオには、あのしゃがれ声そっくりの声でしゃべる男の人が映《うつ》っていた。

聞いてみると、リンが生まれる一カ月前に死んだひいおじいちゃんだという。

「そうだったんだ……！」

リンはうなずき、今までの不思議《ふしぎ》な出来事を、初《はじ》めてわたしたちまわりの大人《おとな》にも、話したのだった。

ひいばあちゃんとした約束《やくそく》

深山《みやま》さくら

「来年百歳《さい》になったら、市が十万円くれるんだってさ。そしたら貯金《ちょきん》に足して、春香《はるか》ちゃんとハワイ旅行に行こう！」

なんて、張《は》りきっていたひいばあちゃんが、急に気弱になった。転んで腰《こし》の骨《ほね》を折《お》り、入院してしまったからだ。

「この年になって骨折《こっせつ》なんてね……。ああ、もうだめかもしれない……」

病室のベッドの上で、ひいばあちゃんは悲しそうに顔をゆがめた。

「ひいばあちゃん、元気を出して！　きっとなおるよ。春香《はるか》がついてるよ。いっしょにハワイに行くんでしょ」

わたしのことばに、そばにいた母さんがうなずいている。

「そうよ、おばあちゃん。いつもの明るいおばあちゃんはどこ行っちゃったの？お医者さんもいってたじゃない。よくなるって」

「でもねえ。なんだか、つかれちゃって……。体はいうこときかないだろ。わたしに羽があったらねえ……。春香《はるか》ちゃんとハワイ旅行に行きたかったなあ……」

ひいばあちゃんは、病室の天井《てんじょう》を見つめながら、ため息をついた。

「おばあちゃん、少し休みましょうか？」

かけぶとんのえりもとをそっと直して、母さんがいった。

「そうだね。もうおそいから、あなたたちもお帰り。来てくれてありがとう」

「また来るね、ひいばあちゃん」

「うん、まってるよ、かならず来てね」

そういって、ひいばあちゃんは目をつぶった。少しすると、すーすーとおだやかな寝息《ねいき》が聞こえてきたので、母さんとわたしは病室をあとにした。

うちの近くで、ひとり暮《ぐ》らしをしているひいばあちゃんは、大きな病気をしたこともなく、とても元気だった。明るい性格《せいかく》で、曲がったこととうわさばなしは、大きらい。人にはやさしく自分にはきびしい。「春香《はるか》はひいばあちゃん似《に》だ」と、父さんや母さんによくいわれるけれど、そうかな？

それから、ひいばあちゃんの趣味《しゅみ》は散歩《さんぽ》と温泉《おんせん》と旅行。骨折《こっせつ》したとき、ひいばあちゃんはお仲間《なかま》たちと市の温泉施設《おんせんしせつ》にいた。大浴場《だいよくじょう》のゆかで足をすべらせ転んでしまったのだ。

ひいばあちゃんの入院は長びいたけれど、わたしは一度お見舞《みま》いに行ったきり。つぎに行くことはなかった。ひいばあちゃんのしおれた姿《すがた》を見たくなかったのかもしれない。

初雪《はつゆき》がふった寒い朝、ひいばあちゃんは退院《たいいん》をまたずに亡《な》くなってしまった。

百歳《さい》まであと少し。九十九歳《さい》だった。

ひいばあちゃんとした、「また来るね」の約束《やくそく》を、わたしはやぶったことになる。


「おい、春香《はるか》。見ろよ、これ」

二十分休みのことだ。教室の机《つくえ》でひじをつき、ぼーっとしていると、英太《えいた》がやってきた。

「九十九神《つくもがみ》っていうんだ」

英太《えいた》がうれしそうな顔をして、わたしの机《つくえ》の上に置《お》いたのは、妖怪《ようかい》の本だ。一本足が生えたからかさや、ぎょろ目の顔が生えた楽器《がっき》のようなものが、うじゃうじゃならんでいて、気味が悪い。

「やめてよ。わたし、そういう趣味《しゅみ》、ないから！」

いすから立ちあがろうとしたわたしの心に、英太《えいた》のひとことが引っかかった。

「九十九年たつと、こんなふうに化《ば》け物《もの》になるんだよ。怖《こわ》いよね」

「えっ？　九十九年？」

いすにすわりなおし、聞きかえした。

「そう。使いこんだ道具に、霊《れい》が宿るんだ。九十九神《つくもがみ》っていうんだってさ。木や動物だって九十九神《つくもがみ》になるんだぜ」

「うそだー。信《しん》じられない、そんなの」

わたしはぷいっと席《せき》を立ったけれど、じつは気になってしかたがなかった。昼休みになると、図書室へと急いだ。

「あった！」

書棚《しょだな》に、妖怪《ようかい》を描《えが》いた本を見つけ、ぱらぱらとページをめくる。気味の悪い妖《よう》怪《かい》どもがうようよいる。見たくないと思ったけれど、見ずにはいられなかった。

「ほんとだ……。古くなるにつれて霊《れい》が宿るんだ……。いやだなあ」

おのずから妖《あや》しきものに変化《へんげ》するらしい。

胸《むね》がドキドキしてきた。

「ひいばあちゃんも、なにかに変化《へんげ》したりして……」

本を閉《と》じたあとも、わたしの胸《むね》のドキドキはおさまらない。


ひいばあちゃんが亡《な》くなって、百日がたった。今日は、お骨《こつ》をお墓《はか》におさめる日。納骨《のうこつ》日っていうらしい。母さんが教えてくれた。

春がやってきたかのような、とてもあたたかい日だった。お寺でお参《まい》りしてから、みんなで墓地《ぼち》に行った。雪がとけて、道はぐちゃぐちゃとぬかるんでいる。

「気をつけて歩くのよ。すべって転ばないようにね」

そういって、母さんはわたしをふりかえった。

小高い丘《おか》の斜面《しゃめん》にある墓地《ぼち》には、お墓《はか》がたくさんならんでいた。ほとんどが灰《はい》色《いろ》をした石のお墓《はか》だった。雪をかぶったままのお墓《はか》もある。うちのお墓《はか》は、斜面《しゃめん》のずっと上のほう。

気をつけてゆっくり歩こうと思ったけれど、自然《しぜん》に早足になる。後ろから何かがついてきそう。ふりかえるのも怖《こわ》い。そのうち、わたしはぬかるみに足をとられて転んでしまった。

黒いタイツをはいたひざが、どろだらけになった。

「母さん！　転んじゃったよ！」

「まあ！　だから、気をつけてっていったじゃない」

母さんはあわててもどってくると、黒いバッグからハンカチを取りだした。

「さあ、ふきなさい。冷《つめ》たくてきもちが悪いと思うけれど、がまんしてね」

「うん、わかった」

ひざと手をぬぐい、わたしはまた坂道を歩きだした。

山中家《やまなか》のお墓《はか》を、父さんや親せきの人たちがぐるりととりかこんでいた。お坊《ぼう》さんがお経《きょう》をとなえている。お線香《せんこう》のけむりが立ちこめているので、手であおぎながら、わたしはそっとお墓《はか》をのぞいてみた。

「あっ！」

びっくりして、思わず声を出してしまった。

花をそなえる石造《いしづく》りの台が、横にずらされ、ぽっかりと四角い穴《あな》が空いていたのだ。体を乗りだし、よく見ると、穴《あな》の壁《かべ》はコンクリートでできているようだった。

お墓《はか》って、地面を掘《ほ》って穴《あな》が空けられているとばかり思っていたわたしは、地下室みたいなその空間にゾワッと寒気がした。怖《こわ》いもの見たさで、おじさんたちの間に割《わ》って入り、前にそっと進みでた。すると、穴《あな》の内部がよく見えた。

「きゃっ！」

そこにあったのは、お骨《こつ》だった。白っぽいお骨《こつ》がたくさん。

「春香《はるか》、怖《こわ》がらなくていいよ。ごせんぞさまのお骨《こつ》なんだよ」

父さんがわたしの背中《せなか》をなでてくれた。

「ひいばあちゃんのお骨《こつ》も、ここにおさめてあげような」

「うん。ひいばあちゃん、さようなら」

お坊《ぼう》さんのお経《きょう》をとなえる声が墓地《ぼち》にひびきわたるなか、ひいばあちゃんのお骨《こつ》はお墓《はか》におさめられた。

ひいばあちゃん。わたしのこと、かわいがってくれてありがとう。なのに、わたしったら、つめたい子だ。ひいばあちゃんとした約束《やくそく》をやぶった。うらんでいるよね……。

もやもやした気持ちを引きずったまま、わたしはお墓《はか》に手を合わせた。

そのときだ。

ブーン、ブーン。

大きな羽音が聞こえてきたかと思ったら、スズメバチが飛《と》んできた。見たこともないような、大きな大きなたくましいスズメバチだった。

「あぶない！」

「きゃあ！」

「動くな！　刺《さ》されるぞ！」

みんなが大さわぎするなか、スズメバチは、お墓《はか》のまわりをブンブンと飛《と》びまわった。

――わたしに羽があったらねえ……。

ひいばあちゃんのあのつぶやきを、わたしはふと思いだした。

このスズメバチ、ひいばあちゃんだったりして……。スズメバチに変化《へんげ》した？　変化《へんげ》して、ハワイへ？　いやちがう。約束《やくそく》をやぶったわたしを、刺《さ》しに来た⁉

ま、まさか……。

スズメバチは、飛《と》んだり、墓石《はかいし》にとまったりをくりかえし、そのうちどこかに飛《と》んでいってしまった。

親せきの人たちは、「スズメバチが出る季節《きせつ》じゃなかろうに」と、首をかしげていた。

その後、父さんと母さんがふたりでお墓参《はかまい》りに行ったら、スズメバチは出てこなかったといった。わたしはほっと胸《むね》をなでおろした。

四月が来て、わたしは進級し、四年生になった。九十九神《つくもがみ》のことを教えてくれた英太《えいた》とは、また同じクラスだ。

「おい、春香《はるか》。見ろよ、これ」

あいかわらず、二十分休みになると、わたしの席《せき》にやってくる。

「今度はなによ」

見せられるのは、どうってことのないものばかり。動物の図鑑《ずかん》だったり、ノートにかいた英太《えいた》作の四コマまんがだったり。

「九十九神《つくもがみ》はどうしたの？　もうあきたの？」

そう聞いたら、英太《えいた》は、「なに、九十九神《つくもがみ》って？」だって。

「英太《えいた》って、いい性格《せいかく》してるね」

そんなことばが、口をついて出た。また、ひいばあちゃんを思いだした。

「明るくて、曲がったこととうわさばなしは、大きらい。人にはやさしく自分にはきびしく」だったひいばあちゃんに、わたしは似《に》ているのだろうか？

そのうち夏が来て、お盆《ぼん》になった。今日は、家族でお墓参《はかまい》りをする。夕方になり、少しすずしい風が吹《ふ》いてきたころ、父さんの運転する車で、お寺に行った。お寺の駐車場《ちゅうしゃじょう》には、お墓参《はかまい》りに来た人たちの車が何台も止まっている。

お墓《はか》へとつづく坂道を上っていき、山中《やまなか》家のお墓《はか》につくと、母さんがお菓子《かし》と果物《くだもの》を墓前《ぼぜん》にそなえた。わたしは花をたむける。父さんが、ろうそくと線香《せんこう》に火をつけようとしたときだった。

ブーン、ブーン。

大きな大きなスズメバチが飛《と》んできた。

「きゃーっ！」

母さんがさけぶ。

ブーン、ブーン、ブーン。

「ふたりとも、じっとしていろ。そのうち、いなくなるからな。刺激《しげき》しちゃだめだぞ」

父さんが、ろうそくと線香《せんこう》を手にしたまま立ちすくんでいる。

ブーン、ブーン。

スズメバチは、大きな羽音をさせながら、お墓《はか》のまわりをゆっくりと飛《と》びまわった。

やっぱり、ひいばあちゃんだよね？

「果物《くだもの》にやってきたのかもしれないな」

父さんが、目だけ動かしてつぶやいている。

ちがうよ、父さん。ひいばあちゃんが、わたしを刺《さ》しに来たんだよ。

「ひいばあちゃん、ごめんなさい」

わたしはスズメバチに向かって、おそるおそるつぶやいた。

すると、どうだ。スズメバチは、すうっとおりてきたかと思ったら、わたしのワンピースの胸《むね》に止まった。

「ひっ！」

怖《こわ》くて、体が固《かた》まってしまった。呼吸《こきゅう》が速くなる。父さんと母さんが何かさけんでいる。

スズメバチと目が合った。わたしを真っすぐに見ている。つやつやとした真っ黒い目の中に、わたしはひいばあちゃんを見た気がした。にこにこわらっているひいばあちゃんを。

わたしは大きく深呼吸《しんこきゅう》すると、スズメバチの目を見つめ、いった。

「わたし、お見舞《みま》いに行けなかった。ひいばあちゃんを見るの、つらくて……。ひいばあちゃんは、わたしのことまってたんだよね。ずっとまってたんだよね」

なみだがわいてきて、スズメバチの真っ黒い目が、ぼやけてきた。

「ごめんなさい。ひいばあちゃん」

すると、スズメバチは触覚《しょっかく》の生えた大きな頭を、くりっと動かしたかと思うと、わたしの胸《むね》から飛《と》びたった。ブンブンと大きな羽音をさせ、わたしたちのまわりを三回ほどまわると、東のほうへと飛《と》んでいってしまった。

「春香《はるか》、だいじょうぶ？」

母さんが、あわててかけよってきた。

「うん、平気」

「ほんとに？　刺《さ》されてない？」

「うん」

「ああ、よかった。びっくりしたなあ」

父さんもかけよってきた。

ひいばあちゃんが飛《と》んでいった空を、わたしは見あげた。ずっとずっと向こうに見えるのは、奥羽山脈《おううさんみゃく》だ。山脈《さんみゃく》を飛《と》びこえ、さらに東へ進めば太平洋だ。ひいばあちゃんが行きたかった、ハワイへとつづく海がある。

ひいばあちゃんは変化《へんげ》して、九十九神《つくもがみ》になった。九十九神《つくもがみ》になって、わたしに会いにきてくれたのだと思う。そして、「約束《やくそく》をやぶってしまった」という引きずった思いを、わたしの胸《むね》から引き抜《ぬ》いてくれた。

ありがとう。ひいばあちゃん。わたしの心は、すっきりと晴れあがっていた。

それにしても、スズメバチとはね。モンシロチョウとかアゲハチョウとか、きれいなチョウチョウではだめだったの？

スズメやツバメやメジロなんかの、かわいい小鳥じゃだめだったの？

そんなふうに考えているうちに、わらいがこみあげてきた。くすくすわらっているわたしを、父さんと母さんが「どうしたの？」っていう顔で見ている。

ひいばあちゃん、あのたくましい体だったら、きっとどこまでも飛《と》んでいけるね。

わたしは、「明るくて、曲がったこととうわさばなしは、大きらい。人にはやさしく自分にはきびしく」ありたいと思う。むずかしいことだと思うけれど、ひいばあちゃんというお手本を知っている。二十分休みに、そんなことを思いつつ、教室の窓《まど》から外に目を向けた。空には、うろこ雲が広がっている。もう秋だ。

ひいばあちゃん、ハワイへ着いた?

「春香《はるか》!」

英太《えいた》だ。にこにこわらいながら、ノートをかかえてやってくるのが、見えた。

だれかがいる！

みおちづる

（あんなこと、するんじゃなかった）

今まで、みんな一度くらいは、そう思ったことがあるだろう。ぼくもそうだった。そして死ぬほど後悔《こうかい》することになったのだ。

それは、修学《しゅうがく》旅行の夜のことだった。

ぼくは、男子九人の部屋だった。まくら投げを先生に禁止《きんし》されて、しぶしぶ、ふとんに入ったぼくらに、ゆうたが言ったのだ。

「なあ、みんなで、こわい話しようよ」

ゆうたはこわい話が大好《だいす》きで、よくそんな本を読んでいる。ぼくらはもちろん、喜《よろこ》んで賛成《さんせい》した。ゆうたは言った。

「でもさ、ただこわい話するだけじゃつまんないから、百物語やろうぜ」

「なんだよ、百物語って」

「順番《じゅんばん》に、こわい話をするんだ。それで百個《こ》、話をしたら、ろうそくの火を消すんだ。そうすると、本当におばけが出るんだぜ」

ぼくは、背筋《せすじ》がぞくっとした。

「や、やめようよ。それに百個《こ》もこわい話なんて、できっこないし」

「おれはできるよ」

「ろうそくなんてないよ」

「懐中電灯《かいちゅうでんとう》でやろう」

他のみんなも盛《も》り上がってしまった。それで、みんなで順番《じゅんばん》にこわい話をしていくことになったのだ。とは言ってもいいかげんで、

「学校のかいだんの鏡《かがみ》さ、十二時になると、髪《かみ》の長い女の人がうつるんだぜ。おしまい！」

みたいな感じだった。

五十個《こ》をこえたあたりから、みんなあくびをしはじめた。そして七十個《こ》をこえたあたりで、一人、また一人と、眠気《ねむけ》に勝てずに寝《ね》てしまった。そして、ついに九十九個《こ》まで来たときには、起きているのはぼくとゆうただけになっていた。ぼくは震《ふる》える声で言った。

「もうやめようよ、ゆうた」

「最後《さいご》の一個《こ》なんだ。じゃあ、いくぜ」

ゆうたはあくびをかみ殺《ころ》して、最後《さいご》のこわい話をしはじめた。

それは、修学《しゅうがく》旅行で行方不明《ゆくえふめい》になったという男の子の話だった。その子がいな

くなってから、湖に人魂《ひとだま》が飛《と》ぶようになったという。

「それで、湖の中を探《さが》したんだ。そうしたら、その子は湖の中の藻《も》にからまるようにしずんでたんだってさ。おしまい」

ゆうたがそう言って、懐中電灯《かいちゅうでんとう》の光をカチッと消した。

ぼくとゆうたは、息を止めて暗闇《くらやみ》を見つめた。しかし、なにも起こらなかった。

「なんだ。なんにもないじゃないか。つまんないの！　じゃあ、おやすみ！」

ゆうたは大きなあくびをすると、枕《まくら》に頭をつけた。そのとたん、グウグウといびきをかいて寝《ね》てしまったのだ。

ぼくはなかなか寝《ね》つけなかった。でも、無理《むり》やり目をつぶった。

(今すぐ眠《ねむ》っちまおう！　眠《ねむ》れ、眠《ねむ》れ、眠《ねむ》れ)

ところが、念《ねん》じれば念《ねん》じるほど、頭が冴《さ》えてくるのだ。すると――。

ピチャン。

水滴《すいてき》がたれるような音がした。ぼくはこわくて、目をぎゅっとつぶって寝《ね》たふりをした。

音がする。まるでびしょぬれのだれかが歩いてくるような音だ。

ビチャリ。ビチャリ。

（気のせいだ。きっと、雨が降《ふ》ってるんだ）

ぼくは自分に言い聞かせた。

ビチャリ。ビチャリ。

足音はぼくの近くで止まった。それから、いきなりドスッと胸《むね》が重くなった。

体が動かない。金しばりだ。

ぼくは歯を食いしばった。

（目を開けちゃダメだ。これは夢《ゆめ》なんだ）

見ちゃいけない。見たら最後《さいご》、夢《ゆめ》じゃなくて現実《げんじつ》になってしまう。

ところが、ものすごい力で、まぶたがグググッと開けられていく。見たくないのに、いやでも見えてくる。

ぼくの胸《むね》の上にあるのは、青白くぬれた足。

どんどん上が見えてくる。藻《も》のからまったひざ。水のしたたるズボン。だらんとたれたシャツからも、水がぽたぽた落ちている。

（見たくない、見たくない）

そう思っているのに、ぼくは見てしまった。

ぼくを見下ろす、真っ青な顔をした少年。

「助けて！」

そうさけんだはずなのに、のどから出てきたのは、けものみたいなおたけびだった。

「ううう～うおおおう～」

すると、となりのゆうたが、ううーんと寝返《ねがえ》りをうって、ぼくの手に触《ふ》れた。

そのとたん、体をしばりつけていた力が消えた。少年の姿《すがた》はパッと消え、ぼくは解放《かいほう》された。

「うわああっ」

さけんではね起きたぼくの声に、部屋にいた全員が目を覚《さ》ました。

「なんだよ、たかし。どうしたんだ？」

ぼくは立ち上がって、部屋の電気をパッとつけた。寝《ね》ていたみんなが、眠《ねむ》そうに目を開けた。

「どうしたんだよ、もう朝？」

「なんだよ、まだ夜じゃないか」

みんなにブーブー言われても、ぼくは部屋の電気をつけっぱなしにした。そのうち、またみんな寝《ね》てしまったけれど、ぼくは眠《ねむ》れないまま、朝を迎《むか》えたのだ。

『風宮《かざみや》小学校のみなさん。朝です。起きてください』

館内放送が流れた。みんなはもぞもぞと起きて、着替《きが》えはじめた。ぼくも眠《ねむ》くてたまらなかったが、なんとか起きて着替《きが》え、みんなといっしょに食堂《しょくどう》に行こうとした。

「あれっ」

ぼくの後ろで、ゆうたが声をあげた。

「スリッパがない」

本当だ。スリッパが一足分、ない。昨日《きのう》の夜まであったのに。

「だれか、はいてったんじゃないか」

そう言われて、ゆうたはブツブツ言いながら、旅館の玄関《げんかん》からもう一足、持ってきた。

朝ごはんのときも、おかしなことがあった。

一人分、朝ごはんが足りなかったのだ。旅館の人はあわててもう一食、用意してくれた。

「ちゃんと人数分、用意しました。何度も確《たし》かめたんです」

食堂《しょくどう》の人が旅館の女将《おかみ》にそう言うのを、ぼくは聞いた。

（まさか……ね）

ところが、その日の昼食も、一食分足りなかった。移動《いどう》のバスでは、乗車してきた人数を数えていた運転手さんが首をひねった。

「おかしいな、一人多いんだが……数えまちがえたかな」

言われて、先生がバスの中を確認《かくにん》した。ぼくも見回したが、そこにいるのはみんな知った顔ばかり。でも、補助《ほじょ》イスが一つ、どうしてももどらなくなって出しっぱなしになっていた。まるでだれかがすわっているみたいに重くて、たためないのだ。仕方なく、その補助《ほじょ》イスを出したまま、バスは出発したが、いざ駅について降《お》りようとしたときには、補助《ほじょ》イスはふつうにたためるようになっていた。

帰りの新幹線《しんかんせん》の中で、ぼくはみんなとおかしを食べながら、ホッとしていた。さすがに家に帰れば、もう大丈夫《だいじょうぶ》だろう。

（ああ、よかった）

しかし、ぼくは気づかなかった。

これで終わりなんかじゃなかったのだ。

「ただいまー」

家のドアを開けたぼくを、お母さんのいつもの丸顔が迎《むか》えてくれた。

「おかえり、たかし。あらっ、お友だち？」

「えっ」

「だって、後ろ……」

言いかけて、お母さんは首をひねった。

「あら、おかしいわね。今、確《たし》かに後ろにだれかいるように見えたのに」

「それ、どういう子？」

「男の子よ。たかしと同じくらい。なんだかびしょぬれで。でも、見まちがいね。やだわあ、お母さんも年をとったのかしら」

ぼくはあわてて、ドアを閉《し》めた。お母さんはぼくの顔を見て、心配そうな顔をした。

「どうしたの？　顔色悪いけど。疲《つか》れた？」

「うん」

「おやつ食べたら、夕飯《ゆうはん》まですこし休んだら？」

「うん、そうする」

ぼくは、おやつを食べると、自分の部屋に行って、ベッドに横になった。だけど、急に思いついて、正月に神社で買ったお守りを、ドアにひっかけた。こんなのがきくかどうかあやしかったけれど、なにもしないよりいい。

それだけしたら、なんだかどっと疲《つか》れが出て、ぼくはぐっすり眠《ねむ》ってしまった。

目が覚《さ》めたのは、夕暮《ゆうぐ》れどきだった。トントントン、と階段《かいだん》を上がってくる音がする。

（お母さんかな。夕飯《ゆうはん》、呼《よ》びに来たのかな）

ところが、足音は部屋のドアの前で止まった。ガチャガチャとドアノブを動かす音がしたけれど、入ってこない。

（なに、やってんだろう？）

そう思いながら、またぼくは寝《ね》てしまった。

次に目を覚《さ》ましたのは、夜だった。お母さんの大きな声で、ぼくは飛《と》び起きた。

「なにこれ！　やだ、ビチョビチョじゃない」

入ってきたお母さんは、プリプリしていた。

「たかし、なにあれ！　なんでぬれてるの？」

「えっ？　なに？」

ぼくは起き上がり、ろうかを見に行って、ギョッとした。

ドアの前に、大きな水たまりができていたのだ。そしてドアノブは、ぬれた手でつかんだみたいにぬれている。そして、ドアには、たくさんの手形が残《のこ》ってい

たのだ。まるでだれかがなんとかドアを開けようと、ぬれた手でバンバンとたたいたみたいに。

ぼくはゾッとした。

「やあねえ、雨もりかしら？　雨、降《ふ》ってないのにねえ」

お母さんはブツブツ文句《もんく》を言いながら、ろうかをふいた。ぼくは恐《おそ》ろしくなって、自分の部屋に飛《と》びこんだ。

（あいつだ。ついてきたんだ。どうしよう！）

その日は、ぼくはもう一歩も部屋から出ることができなくなって、夕飯《ゆうはん》もお風呂《ふろ》もなしで、お母さんが何度来ても、ベッドから出なかった。

次の日だった。

「たかし、調子はどう？　気分が悪かったら、家で留守番《るすばん》しててもいいけれど」

部屋にやってきたお母さんが、心配そうにぼくの顔をのぞきこんだ。

「え？　今日って、なにかあったっけ？」

「おじいちゃんの三回忌《さんかいき》よ。前に言ったでしょ。でも調子が悪かったら、家にいてもいいわよ。お父さんとお母さんで行ってくるから」

ぼくはあわててベッドから出た。一人で留守番《るすばん》なんてとんでもない。ぼくは、黒いズボンとシャツを着て、お守りをしっかりポケットに入れて、おそるおそる部屋を出た。

おばあちゃんの家には親戚《しんせき》がみんな集まっていた。おばあちゃんは、ぼくを見てにっこりしてくれた。

「よう来てくれたなあ。ありがとさん」

それからぼくの後ろを見て、首をかしげた。

「おや、たかし。後ろの子はだれだね」

「えっ」

おばあちゃんは、目をパチクリさせると、あわてて言った。

「おお、すまんすまん。だれかいたような気がしたが、見まちがいじゃな。ばあちゃん、年とっとるもんで、許《ゆる》してな」

（あいつ、ついてきたんだ！）

ぼくは、今すぐ、ここから逃《に》げ出したくなった。が、お坊《ぼう》さんが来てしまったので、しぶしぶ仏壇《ぶつだん》の前にお父さん、お母さんとすわった。

お坊《ぼう》さんがお経《きょう》をとなえはじめた。ぼくは手を合わせて、必死《ひっし》に祈《いの》った。

（ああ、どうか助けて！　ぼく、殺《ころ》されちゃうよ）

お経《きょう》の声が高くなった。目を開けたぼくは、ポカンと口を開けた。

仏壇《ぶつだん》の後ろからだれかが出てきたのだ。

それはなんと、死んだおじいちゃんだった。白い着物を着て、まるで生きているみたいに歩いている。そしてまっすぐぼくの方に来ると、ぼくを見てうなずき、肩《かた》にとんと手を置《お》いたのだ。

ぼくは、肩《かた》がふいっと軽くなったのを感じた。見ると、おじいちゃんがだれか、男の子の手をにぎって、仏壇《ぶつだん》の方に歩いていくところだった。

（あいつだ）

仏壇《ぶつだん》の手前で、あいつは立ち止まって、ぼくの方を見た。おじいちゃんは、そんなあいつの頭を優《やさ》しくなでた。あいつはうれしそうにおじいちゃんを見てわらうと、ぼくに小さく頭を下げ、おじいちゃんと手をつないで、仏壇《ぶつだん》の中に消えていったのだ。

長いお経《きょう》が終わったあとだった。おばあちゃんがぼくのそばに来て、ぼくの耳に口を寄《よ》せて、ささやいた。

「よかったな、たかし。おじいちゃんが連《つ》れていってくれて」

ぼくは、驚《おどろ》いておばあちゃんを見た。

「おばあちゃん、見えてたの？」

「もちろん。だけど、どうしてあんな子がおまえについてきたんだ？」

ぼくは、修学《しゅうがく》旅行で百物語をやったことを、正直におばあちゃんに話した。おばあちゃんは、長いため息をついた。

「たかし、そりゃ、あぶないことをしたな。おまえは、あやうく命を落とすところじゃったぞ」

「えっ、ほんとに？」

「そうじゃ。だいたい百物語というのはな、九十九個《こ》目で終わらすものなんじゃ。本当に百個《こ》も話したら、あの世とこの世の口が開いて、恐《おそ》ろしいことが起こる。それを知らんで、本当に百個《こ》も話すとはな。知らんとは恐《おそ》ろしいもんじゃ」

「……」

「だが、おじいちゃんが連《つ》れていってくれた。あの子も、やっと成仏《じょうぶつ》できるじゃろ。よかったな、たかし。でも、もう二度と、こういうことをしてはいかん。目に見えんものをバカにしたりおろそかにしたりすると、とんでもない目にあうからな」

ぼくはうなずきながら、あいつの顔を思い出していた。最後《さいご》、おじいちゃんにうれしそうにわらっていたあいつ。あいつも、本当は助けてほしかったのかもしれない。

（ありがとう、おじいちゃん）

ぼくは、仏壇《ぶつだん》にもう一度、手を合わせた。

ふたりのまゆか

後藤《ごとう》みわこ

「あなたたち、ふたごだっけ？」

教頭先生がそういった。

担任《たんにん》の多田《ただ》先生がお休みしたので、代わりに五年二組にやってきたのだ。

教頭先生は「あなたたち」……つまり、まゆかとわたしを見比《みくら》べ、それから、ごまかすように「ちがうよね、芳野《よしの》まゆかさんと中沢《なかざわ》さくらさんだもんね」とうなずいたけれど。

そのときにはもう、教室じゅうが「ザワザワ」「くすくす」……みんなが、ちらちらとわたしたちを見ていた。

「はい、静《しず》かに！　見るのは教科書！」

教頭先生がこわい顔をすると、教室内は静《しず》かになった。

わたしはまゆかを見た。すぐ前の席《せき》だから、見えるのはうしろ姿《すがた》だけだ。まゆかは今、どんな表情《ひょうじょう》でいるんだろう。

まゆかとわたしは、ふたごじゃない。まゆかはやぎ座《ざ》。わたしはしし座《ざ》だ。どっちにも両親がいるし（まゆかには高校生のおねえさんもいる）、まゆかは四年生のときに引っ越《こ》してきて、住所は学区の端《はし》と端《はし》だから、通学路だって重ならない。

まゆかとわたし。

明るさもおとなしさも、目立たなさもテストの点も、クラスの中くらい。そこだけは同じかもしれないけれど。

断《だん》じて、ふたごなんかじゃない。

でも、わかってしまった。クラスのみんなも、教頭先生と同じことを考えてたんだって。「にてるよな」「そうだよね」……そんなささやきが集まって、重なって、「ザワザワ」や「くすくす」に聞こえたんだ。

昼休みになると、サヤがまゆかの髪《かみ》をいじりだした。自分の頭から髪《かみ》ゴムをはずして、まゆかをむりやりツインテールにした。

わたしと同じ髪型《かみがた》だ。わたしの髪《かみ》は背中《せなか》の真ん中まであるけれど、まゆかの髪《かみ》は、やっと肩《かた》にさわるくらいの短さだ。半分ばらけたツインテールはみすぼらしい。

それでもサヤは、満足《まんぞく》そうにわたしたちを見比《みくら》べる。いいたいことはわかるよ。だから、わたしは開いていた本のかげにかくれた。こんなに顔を近づけたら、字は読めないけれど。

次の日には、幼《おさな》なじみのエリが、読書中のわたしに一冊《さつ》の本をさしだしてきた。

「さくら、これ、読んでみない？」

家から持ってきたらしい。ケストナーって名の外国の人が書いた『ふたりのロッテ』という古い本だ。

ある日、九歳《さい》の女の子ルイーゼはロッテという自分とそっくりな子に出会う。実はふたりは、両親が離婚《りこん》したせいではなればなれに育ったふたごだった、という話だ。

わたしはきっぱり、首を横にふった。

「その話、四年生のうちに図書室で読んじゃったから。あんまり好《す》きじゃないし」

卒業《そつぎょう》までに図書室の本を全部読むのが、わたしのひそかな目標《もくひょう》だ。同じ本を二回読むなんて、時間のムダなのだ。

「それに、エリ、わたしがひとりっ子だって知ってるよね？」

家はななめ向かいだし。幼稚園《ようちえん》に入る前からのつきあいだし。

「だけど、さくらって、まゆかににてるし……」

ぶつぶついいながら、エリは行ってしまった。


土曜日に髪《かみ》を切った。ママの行ってる美容室《びようしつ》に初《はじ》めて連《つ》れていってもらって。ほんとにいいの？　とママにも美容師《びようし》さんにも何度もいわれたけれど、ザクザクッとショートにした。これでツインテールやポニーテールどころか、ハーフアップもできない。まゆかとおそろいの髪型《かみがた》にはならないのだ（髪《かみ》いじりの好《す》きなサヤのせいだけれど）。

と、思っていたのに……。

月曜日の朝、教室に入ったとたん、みんながきゃあきゃあさわいだ。

まゆかも髪《かみ》を切っていたからだ。

「切ったんだぁ、切ったんだぁ」っておどりくるうサヤに、まゆかがはずかしそ

うにいいわけしている。

「昨日《きのう》、美容院《びよういん》で。あたし、伸《の》ばすつもりじゃなかったし」

ふざけないで！　それなら、もっと早く切っといてくれればよかったのに！

わたしは伸《の》ばしてたんだよ。腰《こし》まで伸《の》ばすつもりだったんだよ。

「ますますそっくり、うりふたつ！」

みんなが、わたしをまゆかのそばに押《お》していく。

あの日から、まゆかの顔を見ないようにしてたのに、むりやり向きあわされてしまった。

覚悟《かくご》を決めて、まゆかを見つめた。まゆかも困《こま》ったようにわたしを見ていた。

首をかしげて、こういった。

「にてない……よね？」

大きく、わたしはうなずいた。

「うん、にてない、ぜんぜん」

みんながいうようにうりふたつなら、鏡《かがみ》を見ているような気持ちになるはずだ。

まゆかの目も、鼻も、口の形も、どれも「わたしの」じゃない。わたしには、目の前にいるのは「まゆかだ」としか思えないし、まゆかもわたしを「さくらだ」と思っているはず。

「ふたご誕生《たんじょう》！」ってうれしそうな女子。「ソーセージ！　ソーセージ！　腹《はら》へった！」ってはしゃぐ男子。わたしたちだけがだまりこんで……「ちっともにてないね」という意味をこめて、首をかしげあっていた。

にてないと思うのは、まゆかとわたしだけだったのかな。髪《かみ》を切ってから、まちがわれることがうんと増《ふ》えた。

教室で本を読んでいたら、「芳野《よしの》さーん」って声が飛《と》んでくる。うるさいなぁと顔を上げたら、呼《よ》んでた子は「まさか、中沢《なかざわ》さんなの？」と目をまるくする。

黒板を消していると、「なんだよー、芳野《よしの》ー、日直じゃないだろー」と男子にからかわれる。

教室に入ってきた多田《ただ》先生に「あら、芳野《よしの》さん、さっき体育館で別《わか》れたばかりなのに……」といわれたときは、「担任《たんにん》のくせに！」って叫《さけ》びそうになった。

だけど、いちばんショックだったのは……わたしがまゆかにこうたずねたとき。

「わたしとまちがわれて、うざくない？」

まゆかは、うふふと笑《わら》って答えた。

「あたし、さくらちゃんとまちがわれたことないから、わかんないよ」

どういうこと？　わたしは毎日、「芳野《よしの》さん」「まゆかちゃん」って呼《よ》ばれるのに？

まゆかがのんきな口調でつづけた。

「きっとみんなも、にてないこと、わかってくれたんだね」

そうだよ。にてない。にてないよ。

わたしたち、どっちも、おたがいににてると思ってないんだよ。

だけど、みんなはわかってくれない。なぜ、わたしはまゆかにまちがわれるの？

エリもいってたっけ。

「さくらって、まゆかににてるし」

ふたごっていわれるほうがマシだ。それなら「まゆかとさくら」だもん。

なのに、みんなには、わたしまでまゆかに見えるんだね。まゆかがふたりいるみたいに……。

思い出した。

わたしがどうして『ふたりのロッテ』を「好《す》きじゃない」のか。

主人公のふたごはルイーゼとロッテなのに……先に登場するのだって活発なルイーゼのほうなのに……なぜかタイトルは『ふたりのロッテ』なのだ。

どっちもロッテなの？　ルイーゼの立場はどうなるの？　作者はおとなしいロッテのほうが好《す》きなの？　ひいきしてるの？　なんか、いやな感じ……そう思ってしまったのだ。

五年二組には〝ふたりのまゆか〟がいる。

中沢《なかざわ》さくらは、どこに行ったの？

そんなある日の昼休み、図書室に向かうわたしを、ろうかの遠くから声が追ってきた。

「待ってー！」

その日はすごくいいお天気で、ほとんどの子が校庭に出ていってしまって、通りすぎる教室もろうかも「しーん」としていたから、呼《よ》ぶ声もよく聞こえた。

「待ってよー、まゆかちゃーん！」

だれ？　だれだろう。呼《よ》びながら追ってくるのは。

でもね、残念《ざんねん》でした。わたしをまゆかとまちがえてるよ。

まゆかは今日、学校にいない。ひいおじいちゃんのお葬式《そうしき》なんだって。

そう聞いた五年二組のみんなは、「なんで、まゆかひとりがお休みなの？」って顔でわたしを見た。わたしは無視《むし》して、自分の前の空っぽのイスを見つめていた。まゆかがいなければ……わたしひとりなら……「さくら」でいられるよね、と考えていた。

それなのに、声は近づいてくる。

「まゆかちゃん！」

ああ、頭の中が熱《あつ》い。

「まゆかちゃんってばー！」

ふりかえらないよ。だって、わたしはまゆかじゃないもん。足をいっそう速めて、図書室に飛《と》びこんだとき、小さく、別《べつ》の声が聞こえてきた。

「まゆかちゃんは、お休みしてるよ」

「うそぉ！　じゃ、今のはだれ？」

中沢《なかざわ》さくら！

叫《さけ》びたい名前を、思いきりのみこんだ。


図書室で古い本を借《か》りた。表紙の内側《うちがわ》がテープで補修《ほしゅう》してある、色あせた本だ。『ふたりのロッテ』。同じ本を二回借《か》りたのは初《はじ》めてだった。

あまりにそっくりで、自分たちは引き裂《さ》かれたふたごにちがいないと考えたルイーゼとロッテは、入れ替《か》わって、それぞれの家に帰っていく。

離婚《りこん》した両親はもう一度結《むす》ばれ、ルイーゼとロッテはふたごとしてくらせるようになる。ハッピーエンドだ。幸せなお話。きっとルイーゼも、作者に「ロッテあつかい」されたことなんか気にしてないだろう。気にするような子じゃないんだろう。

わたしはちがう。

「まゆかあつかい」なんて、いや。

こんな毎日は、いやなんだ。

校庭を歩いていたら、校舎《こうしゃ》のまどから「まゆか、どこ行くの？」と声がする。

わたしは、ぎゅっと下を向く。

わたりろうかを通りすぎるとき、中庭から呼《よ》びかけられる。

「まゆかちゃーん」

わたしは、足を速めてにげる。

教室で席《せき》についていても、音楽室に行っても、給食《きゅうしょく》当番のときも、学校のどこで何をしていても、だれかがわたしを呼《よ》ぶ。

「まゆか！」

わたしはふりむかない。

「まゆかちゃん」

わたしはふりむかない。

「芳野《よしの》さん」

絶対《ぜったい》にふりむかない。

「さくら」

ふりむかないいんだから！


「……え？」

思わず足を止めていた。

それは昼休みのこと。わたしは図書室に向かっているところだった。

おそるおそる、うしろを確《たし》かめてみる。

「あれ……？」

だれもいなかった。

ろうかのいちばん先まで、だれひとりいなかった。

その日も天気がよくて、ほとんどの子が校庭に出ていた。しばらく待ってもろうかはひっそりしたまま、二度とだれの声も聞こえなかった。

なんだ、空耳か。わたしを呼《よ》んでくれる子なんて、いるはずないもんね。

あきらめて、図書室に入った。

室内も静《しず》かで、図書当番しかいなかった。

奥《おく》のたなの前で本を整理中なのは、図書委員のカズくんだった。

カズくんは六年生でいちばん……つまり学校でいちばん背《せ》が高い男子だから、朝礼でも運動会でも目立っている。

長い脚《あし》で貸《か》し出しカウンターにもどってくるのを見ながら、カズくんならだれともそっくりじゃないんだろうなと、ぼんやり考えていた。

「これ、返却《へんきゃく》します」

『ふたりのロッテ』をそっとさしだすと、

「この本、どうだった?」

カウンター越《ご》しに乗りだして、カズくんがわたしの顔をのぞきこんできた。

エリにすすめられたときは「好《す》きじゃない」っていった。でも今は、ちがう。

そんなふうにこたえたくないって思った。だけどなぜカズくんは、「どうだった？」って聞くの？　カズくんもこの本を読んだから？

とまどって声を出せないわたしに、カズくんがゆかいそうに笑《わら》った。

「表紙、ぐらぐらしなかった？」

「……ひょうし？」

「おれが補修《ほしゅう》したんだよね、この本。おれ、本が好《す》きでさ……あ、読むのは苦手なんだけれど、直すのが大好《だいす》きで、図書委員に立候補《りっこうほ》しちゃったほどなんだ」

カズくんの笑顔《えがお》につられたのかな。気がつくと、わたしも笑《わら》っていた。

「これ、いい本でした」

「よしっ」と小さなガッツポーズをしてから、カズくんがこういった。

「よく図書室に来てるだろ？　破《やぶ》れたりこわれたりしてる本を見つけたら、すぐ、おれにいってくれよな、中沢《なかざわ》さん」

ああ、中沢《なかざわ》さくらは、ここにいた！

「はいっ」と、わたしはうなずいた。


図書室に並《なら》ぶケストナーの本は、どれも古かった。そして、どれもカズくんが補修《ほしゅう》ずみだった。

その中の一冊《さつ》を借《か》りて教室にもどるとちゅう、後ろから声をかけられた。

「まゆか、どこにいたの？　何してたの？」

昼休みじゅう、図書室にいたよ。カズくんといっぱい話したよ。

だけど、「まゆか」じゃない。

立ち止まって、深呼吸《しんこきゅう》。ふりかえって胸《むね》を張《は》る。

わたしはさくら。中沢《なかざわ》さくら。

まず、そのことをいわなくちゃ。

夜中先生

金治《かなじ》直美《なおみ》

こらこら、ケント。出かけるのか？　もう八時すぎているぞ。これから外へ遊びに行くのかい？　え、そんなんじゃない？　そうだろうな。学校へ行こうとしたんだろ？　忘《わす》れ物か？

わかるさ。夕飯《ゆうはん》のときも、なんだかそわそわしてただろ？　大好《だいす》きなクリームシチューなのに、お代わりしなかったし。そうさ、ぼくはおとうさんなんだから、けっこう見てるんだよ。おかあさんに負けないくらい。

忘《わす》れ物は宿題のドリルか？　今から学校へ取りに行くのは無理《むり》だよ。セキュリティがかかっているから、侵入《しんにゅう》するとごつい警備員《けいびいん》が飛《と》んでくるぞ。明日、正直に先生にあやまるほうがましだろ？

それにしても、今の学校はめんどうだな。忘《わす》れ物も取りに行けないんだからな。ぼくが小学生のときなんか、夜の九時すぎに学校に行ったことがあったぞ。そのときは、同じクラスのタケが忘《わす》れ物をして、たのまれていっしょに行ったんだ。五年生のときだったな。

タケの忘《わす》れ物は、トカゲの「カトちゃん」。タケはその日、ふでばこのなかにカトちゃんを入れて登校したんだ。タケは生き物が好《す》きで、いろいろな虫やトカゲを飼《か》っていた。

ぼくとサカッチは、教室のすみっこでそのカトちゃんを見せてもらった。小さくてすごくきれいなトガケ、しっぽが青い宝石《ほうせき》みたいに光っていたな。

学校から帰ってすぐ、タケが泣《な》きそうな声で電話してきた。

「カトちゃんがいない。教室のどっかにいると思うから、夜になったらいっしょに探《さが》しに行ってよ」

トカゲは、ふでばこのふたのすきまからにげだしたらしい。六時間目は体育だったから、たぶんそのときだろう。

なんで明るいうちに探《さが》しに行かなかったのかって？　そりゃ先生に知られたくないからさ。「授業《じゅぎょう》に関係《かんけい》のないものは持ってこない」って決まりがあって、見つかったらカード一枚《まい》でも取りあげられてしまう。トカゲだったら、校庭に放りだされてしまうかもしれない。

担任《たんにん》の先生は、大岩《おおいわ》先生という名前だったけれど、みんなかげで大コワ先生とよんでいた。でも、見た目はぜんぜんこわくないんだ。女の先生で小がらでぽっちゃりして顔もまん丸、目が細くて、しゃべり方がすごくていねいなんだ。「朝の会を始めていいかしら」とか、「次の人、読んでくれますか」とか。だから、みんな最初《さいしょ》はやさしい先生だと思った。

でも、すぐにわかったさ。すごくきびしい先生だってことが。丸顔のなかの細い目は、いつもぼくたちをにらんでいて、笑《わら》うってことがない。ねっとりした声で、「静《しず》かにしない人がいます」なんていう。するとぼくたちは、ふしぎなくらい、騒《さわ》いだりふざけたりする元気をなくしてしまう。ヘビににらまれたカエルみたいにね。

九時すぎ、家族のみんながテレビを観《み》ているときに、ぼくは家を抜《ぬ》けだして、学校に走っていった。タケが暗い裏門《うらもん》の前で待っていた。

「門に鍵《かぎ》がかかっているから、夜中先生に開けてもらおう。六年生が忘《わす》れ物を取りに来たとき、開けてくれたんだって」

校舎《こうしゃ》のはしっこの、裏門《うらもん》に一番近い一角に灯《あか》りがともっている。

夜中先生のへやだ。

「夜中先生」は先生じゃなくて、学校の警備員《けいびいん》さんだった。夕方から朝まで、それから休みの日も、学校にいて見回りをしてくれていた。名前は真中《まなか》さんだったか、野中《のなか》さんだったか。でも、みんな「夜中先生」ってよんでいた。

夜中先生は、ぼくが五年生になったときに学校にやってきた。それまでの警備《けいび》員《いん》さんはおじさんばっかりだったけれど、夜中先生は若《わか》くて背《せ》が高くて、お兄《にい》さんみたいだった。

夜中先生が学校に来るのは、六時間目が終わったころだ。学校に残《のこ》ってサッカーやミニバレーで遊んでいる子たちが、先生を見つけて、「夜中せんせー！　いっしょにやろう」と声をかける。夜中先生は「おう」と片手《かたて》をあげてかけだす。先生は、なかなかのスポーツマンで、生徒《せいと》たちに交じって、にこにこと校庭を走り回っていたよ。

でも、ぼくたち五年一組は、いっしょに遊んだことはなかった。「放課後《ほうかご》はすぐに帰ること」って決まりがあったからさ。

帰りの会のあと、大コワ先生はいつもぼくたちといっしょに教室を出た。まるでぼくたちを追いたてるようにね。昇降口《しょうこうぐち》から校門までついてきて、「はい、みなさん、また明日《あした》。さようなら」と手をふる。よそのクラスからは、いい先生に見えたかもしれないな。

でも、なんとなくわかった。大コワ先生は、ぼくたちが学校に残《のこ》っているのがいやだったんだな。ケンカしたり悪さしたりケガしたりの騒《さわ》ぎを、起こされたくなかったんだろう。

「夜中せんせー！」

タケが、裏門《うらもん》の鉄のフェンスの間からよんだ。

カラリと警備員《けいびいん》室の戸が開いて、夜中先生が顔を出した。

「おう、今行く」

夜中先生はすぐに門を開けてくれた。

「忘《わす》れ物か？　何年何組？」

タケがもじもじしながらいった。

「五年一組だけど……ええと、忘《わす》れ物っていうか、探《さが》し物……」

「五年一組か。そうか、こっちへきてごらん」

夜中先生が警備員室《けいびいん》まで手招《てまね》きして、小さな紙の箱を出してきた。ふたにぽつぽつ穴《あな》が開いている。

「探《さが》し物って、これかい？」

箱のなかで、青いしっぽのトカゲが眠《ねむ》そうにまばたきをしていた。

「うわっ！　カトちゃんだ！」

タケが箱をだきしめた。

「そうか、よかった。まあ、上がんなさい」

ぼくたちは、たたみのへやに上がりこんだ。四畳半《よじょうはん》くらいで、冷蔵庫《れいぞうこ》やテレビやすわりづくえがおいてあった。

先生はジュースをコップに入れてくれた。

「ねえ、カトちゃん、どこにいたの？」

タケがそうきくと、夜中先生はにやっと笑《わら》い、

「教室のカーテンのかげだよ。教室は三階だろ、外から入ってくることはないだろうから、だれかのペットかと思って連《つ》れてきたんだ」

「夜中先生、サンキュー！　カトちゃん、よかったなあ」

タケがトカゲの背中《せなか》をなでた。

「先生、よく見つけたねえ。トカゲ、動いていたの？　カーテンがゆれていたとか？」

ぼくがきいてみると、夜中先生は首をふった。

「じっとしていたよ。夜行性《やこうせい》じゃないもんな。でも、わかったんだよ。夜の見回りで五年一組の教室を開けたら、なんだかいつもとちがう気配がした。何かがいる。どこかに生き物がひそんでいる。そんな感じがしたんだ。だから、いつもよりていねいにあっちこっち見て回って、カーテンめくったら、こいつがいた」

「えー、それ、ほんと？」

「うーん、自分でもふしぎだけどな。夜、真っ暗な学校を見回ると、目や耳や鼻がするどくなるのかなあ。それにね、昼間の教室の空気が残《のこ》っているのを、感じることもあるよ。ああ、今日はこのクラスは楽しかったんだなとか、ここは子どもたちが騒《さわ》ぎをおこしたな、とかね」

ぼくはちょっと信《しん》じられなかった。でも、ほんとうだってことが、あとでわかったよ。

帰りぎわに、タケがおそるおそるいった。

「夜中先生、大コワ…じゃなくて、大岩《おおいわ》先生にいいつけないよね？」

先生は、大きくうなずいて、濃《こ》いまゆげをくいっとあげ、右手のこぶしでトンと胸《むね》をたたいた。

くつをはきながら、ぼくはすわりづくえをちらっと見た。ぶ厚《あつ》い本が何冊《なんさつ》か開いてあり、びっしりと細かい字でうまったノートもある。

「先生、なんの勉強してるの？」

「ああ、これ。法律《ほうりつ》の勉強だよ。弁護士《べんごし》をめざしているんだ。さあ、もう遅《おそ》い

ぞ。気をつけて帰れよ」

大人《おとな》でも勉強するんだ。すごいなあ。でも、先生が弁護士《べんごし》になったら、「夜中先生」でなくなっちゃう。そんなのイヤだな、と思った。

大コワ先生は、宿題は出さなかった。そのかわり、「復習《ふくしゅう》ノートに、国語・算数・理科・社会で、その日に勉強したことを全部書く」という決まりがあった。

ぼくは、宿題もろくにやらないやつだったから、毎日毎日復習《ふくしゅう》するなんて、まるで考えられなかった。授業《じゅぎょう》でなにをやったかなんて、家に帰ると忘《わす》れちゃうし。

だからぼくは、毎日寝《ね》る前や、朝、学校についてから、超《ちょう》でっかい字でノートにこんなふうに書いていた。

「五月十八日水よう日　一時間目　算数　きのうのつづき」

ひどいって？　まあな。ははは。

でも、大コワ先生からは、なにもいわれなかった。ノートにはいつも、「見ました」というスタンプがおしてあるだけだった。

ある日、まとめて怒《おこ》られる日がやってきた。何教科かテストがあって、そのあとの帰りの会のときだ。

「『身から出たサビ』。なまけていると、必《かなら》ず自分に返ってくるという見本です」

先生はそういって、ぼくの二十点だか三十点だかのテスト用紙を左手でひらひらさせ、右手でぼくの復習《ふくしゅう》ノートを高くかかげた。

「いつか自分で、これじゃだめだと気がつくかと思いましたが、いつになってもわからないようですね。先生は、こういうひとをけいべつします」

先生の細い目がぼくをにらむ。その視線《しせん》にあやつられたかのように、クラス中の目がぼくを取り囲《かこ》んだ。

「ねえ、みなさんもけいべつするでしょ？　け・い・べ・つ」

先生の声がねっとりとひびく。

すると、にやにやくすくすげらげらと、みんながいやな顔で笑《わら》いはじめた。毎日まじめに復習《ふくしゅう》ノートを書いているやつほど、顔をゆがめて大きな声で笑《わら》っていた。

ぼくはかあっと熱《あつ》くなった。全身に針《はり》がささったみたいだった。もしかしたら、タケやサカッチは、目をそらしていたのかもしれない。けれどもそのときは、クラス中の視線《しせん》と笑《わら》い声が、ぼくの周《まわ》りをぐるぐる回っているように感じた。

次の朝、ぼくは教室にいたくなくて、校舎《こうしゃ》のうらを、うろうろしていた。渡《わた》りろうかを歩いてくる、大コワ先生のすがたが見えた。早く教室に入らなくちゃ。でも、ぼくの足は動かない。

そのとき、「大岩《おおいわ》先生、少しいいですか」とよびとめた人がいた。夜中先生だ。ぼくは植えこみのかげにかくれた。

大コワ先生が立ち止まった。

「なにか?」

夜中先生が、ゆっくりといった。

「あのう。先生のクラス、昨日《きのう》何かありましたか?」

「えっ? なんのことでしょうか」

「昨日《きのう》の夜、教室の見回りをしていたら、いつもとはちがう空気を感じたんですが」

「というと……? 意味がわかりません」

「その……すごく暗くてどろどろした感じの、苦しいような、恐怖感《きょうふかん》のような……。そんないやーな空気が教室にただよっていたんです。ちょっと気になって」

大コワ先生が、「ひっ」と息をのんだ。

「なにをおっしゃるんですか。恐怖感《きょうふかん》だなんて。そんなものが、教室に残《のこ》っているわけがありません」

「そう思われますよね。でも、夜中に見回りをしていると、その日の教室のようすを、感じることがあるんですよ」

「ばかばかしい！　おかしなことをいわないでください。だいいち、うちのクラスはなんにも問題はありませんから」

大コワ先生の声は、いつもより大きくてとがっていた。顔色も変《か》わっていたかもしれない。

「そうですか。それならいいんです。たいへん失礼《しつれい》しました」

夜中先生は、そういって戻《もど》っていった。大コワ先生は、しばらくその場にぼうっとつっ立っていた。ぼくは、大コワ先生の先回りをして、教室にすべりこんだ。

その日じゅう、大コワ先生はなにか考えこんでいるようで、声はかさかさと小さく、ぼくたちをにらむ目にも力がなかった。

大コワ先生は、それから少し変《か》わった。といっても、すごくやさしい先生になりました、というわけにはいかない。でも、少なくとも二度と「けいべつ」というこ とばを使わなかったし、たまに笑顔《えがお》を見せてくれるようになった。放課後《ほうかご》、校門までぼくたちを「見送り」して追い立てることもなくなった。

そのおかげで、ぼくたちは学校に残《のこ》って、夜中先生とサッカーをやれるようになった。夜中先生は、すごくうれしそうに、校庭をかけ回っていたよ。

そうそう、ぼくの復習《ふくしゅう》ノートは、少しは文字や数字が並《なら》ぶようになったな。まあ、二、三行だけだがね。

夜中先生がそれからどうなったかって？　ぼくが小学校を卒業《そつぎょう》したあとのことは、わからないなあ。弁護士《べんごし》になったとしたら、きっとすごくいい弁護士《べんごし》さんだろうね。

さあ、ケント、ふろに入っておいで。明日《あした》は忘《わす》れ物、するなよ。

ヴィヌシャプとビヌシャチ

名木田恵子《なぎたけいこ》

♪

その小さな〝山小屋〟は、木製《もくせい》のオルゴールでした。
友人が「祖父《そふ》が趣味《しゅみ》で作っているから」といって、プレゼントしてくれたのです。
手作りらしいどっしりとした屋根。厚《あつ》い木のドア。そのドアのL《エル》字型《じがた》の取っ手を指でつまんで（ほんとに小さいの！）開けると、山小屋の天井《てんじょう》のランプがともり、『峠《とうげ》の我《わ》が家《や》』という曲が流れはじめます。

山小屋の中には無造作《むぞうさ》に置《お》かれたテーブルといすが一つずつ。窓《まど》は指が入るくらいの格子窓《こうしまど》。閉《し》まったままのその窓《まど》をのぞいても、もちろん誰《だれ》もいません。けれど、やさしいメロディとランプの光に誘《さそ》われて、中をのぞかずにはいられませんでした。

そうして、何度も何度も山小屋のドアを開け閉《し》めしているうちにオルゴールは、とうとう鳴らなくなり、ランプもともらなくなりました。

すっかりこわれてしまったのです。

そうして何年かの間――娘《むすめ》が生まれるまで、その山小屋はほうっておかれたままでした。

それがいつのまにか、また娘《むすめ》のおもちゃとして復活《ふっかつ》していたのです。

娘《むすめ》のマーヤは、その山小屋が好《す》きでした。

メロディも奏《かな》でず、ランプもともらないのに、あきもせず格子窓《こうしまど》をのぞきこみ、ただドアを開け閉《し》めして遊んでいました。

♪


「ヴィヌシャプとビヌシャチがいるの」

四歳《さい》になったマーヤが、山小屋をのぞきながらそういったとき、わたしはびっくりして、

「それ、どこのお友だち？」

少しうわずった声で聞き返していました。

「妖精《ようせい》さん。ここにくるの」

キラキラした目でマーヤがわたしを見上げています。

「ああ、そうなのね……妖精《ようせい》さんなのね。二人いるのね？」

わたしは妙《みょう》に納得《なっとく》している自分に驚《おどろ》いていました。そわそわした甘酸《あまず》っぱい気

持ちがあふれてきます。

「うん、ヴィヌシャプとビヌシャチ」

マーヤは夢見《ゆめみ》るようにうなずきました。

変《か》わった名前。

でも、わたしの心の中にストンとその名前は落ちてきました。

マーヤはどうして二人の妖精《ようせい》の名前を知っているのでしょう。

けれど、姿《すがた》を見たことはないようです。

それでも、

「夜はここにいるの」

マーヤは、そう断言《だんげん》します。

その二人の妖精《ようせい》は小さな格子《こうし》の窓《まど》をすりぬけ、自由に出入りしているようなのです。

「……なら、クッキーを用意しないとね。お腹《なか》がすくでしょうから」

思わずわたしはそういっていました。

マーヤがうれしそうに笑《わら》います。

瞬間《しゅんかん》、マーヤと小さい頃《ころ》のわたし自身の姿《すがた》が重なって、胸《むね》が一杯《いっぱい》になっていました。

そうでした……。

もうすっかり忘《わす》れていましたが、幼《おさな》い頃《ころ》、わたしのドールハウス（人形の家）にも〝小人《こびと》〟が住んでいたのです。


♪


わたしが小学生になる前でしょうか。

買ってもらったドールハウスも、〝山小屋〟と同じくらいの小さな白いお家《うち》。

でも、ドアも窓《まど》もなくて部屋が二つに仕切られているだけでした。

家具は壁《かべ》に描《えが》かれた偽物《にせもの》だったので、わたしは小さなテーブルやいすを折《お》り紙で作りました。

けれど、ドールハウスなのに、主《あるじ》になるはずの人形がいません。わたしの人形はどれも大きすぎて、その家には入れなかったのです。

人形がいなくても、わたしは折《お》り紙の家具の模様替《もようが》えをして、ひとりでいつまで遊んでいてもあきませんでした。

その家に誰《だれ》かがいるような気がする――。

そんな不思議《ふしぎ》な感じがずっとしていたのです。置《お》いたところとは別《べつ》の場所にいすが移動《いどう》していたり、テーブルが動いていたり……。

ふとした瞬間《しゅんかん》、部屋のどこかで誰《だれ》かが笑《わら》いをこらえているような息づかいを感じて、わたしまで息を止めてしまったこともありました。

(小人《こびと》がいるのかも!)

ドキドキしながら母にその発見を話したとき――母はなんだかうれしそうに笑《わら》って、わたしがマーヤに話したのと同じことを言ったのです。

「まあ、それなら小人《こびと》におかしでもあげないとね」

そしてすぐに、ままごと用の小さなお皿にビスケットをのせて置《お》いてみることにしました。

すると、翌朝《よくあさ》。

そのお皿がカラになっていたのです！

あのときの驚《おどろ》き――ドキドキして周囲《しゅうい》がぐるぐる回るようでした。

（ほんとに！　ほんとに小人《こびと》がいたんだ！）

わたしはますますドールハウスの小人《こびと》に夢中《むちゅう》になり、毎日ビスケットをふるまいつづけました。

お皿は毎日カラになりました。

小人《こびと》はいつどうやっておかしを食べているのでしょう。どんな格好《かっこう》をしているのか、絵本で見たようなとんがり帽子《ぼうし》をかぶっているのか、一度でいいから見てみたい！

小人《こびと》に〝名前〟もつけていたと思います。

見たこともないのに、小人《こびと》はわたしにとって、とても身近な存在《そんざい》になっていたのです。

（そうだ！　眠《ねむ》らないで見張《みは》っていたらぜったいに小人《こびと》に会える！）

眠《ねむ》るのをやめよう！

そう決心しても、いつのまにか眠《ねむ》ってしまっていて――。

そんなある夜、ふと目覚《めざ》めたわたしはドキッとして息を止めました。

薄暗《うすぐら》い部屋に母の影《かげ》が浮《う》かび上がっていました。母は棚《たな》の上のわたしのドールハウスの前に立っていたのです。

わたしは見てはいけないものを見てしまったような気がして、次の瞬間《しゅんかん》、きつく目を閉《と》じていました。

母の気配はすぐに消えました。

それでもわたしは、まだ目を閉《と》じていました。

母が何をしていたのか……わたしは幼《おさな》いながら感じ取っていました。

そして、泣《な》きたいほどがっかりしていたのです。キラキラした何かが、一気にはがれ落ちたような――。

(いないんだ……小人《こびと》は、いないんだ……)

たぶん、わたしが小人《こびと》にビスケットをあげなくなったのは、それからまもなくだったかもしれません。

それさえも、すっかり忘《わす》れていました。


♪


「妖精《ようせい》さん、おはよう!」

朝、目が覚《さ》めるとマーヤはまず山小屋にとんでいき、格子窓《こうしまど》をのぞきこみます。

カラのお皿を確《たし》かめると、マーヤは安心したように、いつもにっこり笑《わら》いました。

わたしはちょっと後ろめたい気持ちで、そんな娘《むすめ》の姿《すがた》をながめます。

ヴィヌシャプとビヌシャチ。

大人《おとな》になったわたしには、気配も感じられない妖精《ようせい》さんたち。

——わたしは（たぶん）母と同じことをしていたのです（妖精《ようせい》さんに代わって、クッキーをいただいていました……）。

もしマーヤがそれに気がついたら、どんなにがっかりするでしょう（あのときのわたしのように）。そして、マーヤが信《しん》じている妖精《ようせい》さんたちとのきずなはどうなるのでしょう。


そんなある日のことです。

マーヤがまだ眠《ねむ》っているうちに、いつものように山小屋をのぞいたわたしは、息をのみました。

小さなお皿に入れたクッキーがなくなっていたのです！

わたしはしばらくの間、信《しん》じられない気持ちでカラのお皿を見つめていました。

こっそりと夫《おっと》にたずねました。わたしの習慣《しゅうかん》を知っていた夫《おっと》は笑《わら》って、

「ぼくは知らないよ。へーえ、ほんとうにいるんじゃないの？」

不思議《ふしぎ》そうにいいました。

きょうも山小屋にとんでいくマーヤの一日がはじまります。

毎朝、クッキーがないことになれているマーヤとちがって、わたしのドキドキはその日一日中、おさまりませんでした。

山小屋をきれいに掃除《そうじ》してもクッキーのかけらさえ残《のこ》っていません。

わたしの指がやっと入るくらいの格子窓《こうしまど》から――何か〝生き物〟が入ったとはとても思えませんでした。

――ほんとうにいるんじゃないの？

冗談《じょうだん》めかしていった夫《おっと》の声が、いつまでも胸《むね》の底《そこ》にこだましていました。

そして、
その翌朝《よくあさ》も、クッキーはなくなっていたのです。

誰《だれ》が食べたの？

（……そう、ヴィヌシャプとビヌシャチ）

そう答える声が、なつかしい母の声になっていきます。わたしの母はもうずいぶん前に亡《な》くなっていて、声も思い出せないくらいだったのに。


けれど、その次の日、クッキーは残《のこ》っていました。

朝、見つけてもわたしはそのままにしておくことにしました。もう自然《しぜん》に――妖精《ようせい》たちの気持ちに任《まか》せることにしたのです。

クッキーが残《のこ》っていても、マーヤは意外なほどがっかりしませんでした。

妖精《ようせい》さんだって、たまにはお腹《なか》がいっぱいなこともある、と思ったようです。

それからクッキーがなくなるのは、三日に一度ほど。ヴィヌシャプとビヌシャチの訪《おとず》れが間遠《まどお》になったことをわたしも感じていました。

カラのお皿を見つけると、胸《むね》が痛《いた》くなるほどうれしくなり、クッキーが残《のこ》っていると寂《さび》しくてたまらなくなりました。

山小屋が、わたしの〝白いドールハウス〟に見えてくるときもありました。

わたしの小人《こびと》。

もしかして、ほんとうにいたのかもしれない――そう思えてきたのです。

昔、あの夜、見かけたと思った母の影《かげ》はわたしの思いすごしだったとしたら……。

なのに、わたしは勝手に母がやっていたのだと、がっかりして小人《こびと》から離《はな》れてしまったのです。

（お母さん、ありがとう……ごめんなさい）

わたしは思わず心の中でつぶやいていました。

そして、わかったのです。

母もまた子どもの頃《ころ》、〝見えない誰《だれ》か〟のためにおかしをあげていたにちがいない、と。


♪


ヴィヌシャプとビヌシャチがクッキーを残《のこ》している日がつづきました。

うかない顔でマーヤは、おせんべいやいちごまでふるまいはじめました。

そして、それさえも食べていないと知ったときから、マーヤは朝起きても、ぷっつりと山小屋をのぞきにいかなくなったのです。

「妖精《ようせい》さんたち、どうしたのかなあ」

思いきってマーヤにたずねたとき、

「もう帰っちゃったのよ」

案外《あんがい》さばさばしたようすでマーヤが答えました。

「お空の方に行っちゃったの」

マーヤは窓《まど》の外に広がる青い空を見上げました。

マーヤと二人の妖精《ようせい》さんと、どんな思いが通い合ったのかわたしにはわかりません。

でも、マーヤにはこれが〝お別《わか》れ〟なのだと、わかっているようでした。

「覚《おぼ》えておこうね。ヴィヌシャプとビヌシャチのこと」

そういうと、マーヤはこっくりとうなずきました。


あれからもう長い月日がたちました。

今でも、ときたまヴィヌシャプとビヌシャチのことをマーヤと話します。

すっかり大人《おとな》になったマーヤは、その話題が照《て》れくさそうですが、なつかしいような表情《ひょうじょう》にもなります。

――なんでかな……。よく覚《おぼ》えていないけど、確《たし》かにいたんだ。

マーヤはそう言います。


それにしてもクッキーは、どうしてなくなったのか――今でも不思議《ふしぎ》。

もしも人間の視力《しりょく》が実際の何倍もあったなら、どんなものが見えるでしょう。小人《こびと》だって、妖精《ようせい》だって見えるかもしれない。

でも今は――気配を感じるだけで〝何か〟はきっと存在《そんざい》する……そう思っています。


わたしはまだ小人《こびと》の名前を思い出せないの……。

ヴィヌシャプとビヌシャチ。

それでもマーヤの二人の妖精《ようせい》さんのおかげで小人《こびと》とすごした不思議《ふしぎ》な日々が戻《もど》

ってきました。

あの濃密《のうみつ》な時間は、わたしの心の深いところに眠《ねむ》っていて、どこかでまた、小《こ》人《びと》とであえるような気もしています。

そのときまでに名前を思い出したいな……。

予《よ》知《ち》夢《む》

石崎洋司《いしざきひろし》

わたしが、高校生から大学生になったころのことです。

ふしぎな夢《ゆめ》を見ることがよくありました。

寝《ね》ているときに見た夢《ゆめ》が、数日後に、現実《げんじつ》になるというものです。

つまり「予《よ》知《ち》夢《む》」です。

そのうちの一つについては、一度、別《べつ》の本に書いたことがあるので、ここでは、それ以外《いがい》の予《よ》知《ち》夢《む》のなかで、特《とく》に驚《おどろ》いた二つについて、書いてみることにします。

それにしても、いま、あらためてふりかえってみると、予知夢《よちむ》と、ふつうの夢《ゆめ》とは、ずいぶんとちがっていたように思います。

わたしがふだん見る夢《ゆめ》には、わたし以外《いがい》の人が出てきません。見たことも、行ったこともないところを、わたしは、ひとりで歩いたり、電車に乗ったりして、旅をしている。そういう夢《ゆめ》がほとんどです。

ところが、予知夢《よちむ》にはわたし以外《いがい》の人が出てきます。場所に心当たりがないという点は、ふだんの夢《ゆめ》と同じですが、わたしは旅をしているのではありません。ある一つの場所にじっと立って、そこで起きることがらを見ているのです。

たとえば、こんなふうです。

わたしは、線路のわきに立っています。目の前には、こんもりとした山がありま す。夏が近いのでしょうか、山は、瑞々《みずみず》しい緑におおわれています。

でも、人里はなれた田舎《いなか》、というわけではなさそうです。

というのも、見まわしてみると、後ろには、舗装《ほそう》された道路が通っていて、たくさんではありませんが、ときおり、車やバスが行きかっていましたし、そのむこうには、旅館やホテルのような建物《たてもの》が、ひしめきあうように建《た》っているのが、見えたからです。

(たぶん、どこかの温泉街《おんせんがい》なんだろうな)

夢《ゆめ》の中のわたしはそう思いました。

それからまた、線路のほうをふりかえると、いつのまにか、工事がはじまっていることに気がつきました。

線路工事といっても、大がかりなものではありません。クリーム色の服に、黄色いヘルメットをかぶったおじさんたちが五、六人、つるはしやスコップをもって、レールの下の砂利《じゃり》を掘《ほ》ったり、ならしたりしているだけです。

(線路の下の砂利《じゃり》は、たしか〝バラスト〟っていうんだっけ……)

わたしは、特《とく》に鉄道マニアというわけでもなかったのですが、なんだか、いつになく工事のようすが気になって、熱心《ねっしん》におじさんたちの動きを見つめていました。

ふと、いやな予感がしました。

（ここ、ずいぶんと見通しの悪いところだよね……）

線路は急なカーブを描《えが》きながら、山のむこうへと消えています。これでは、むこうから電車が近づいてきても、工事のおじさんたちの目に入らないでしょう。

それなのに、おじさんたちのだれひとり、電車の接近《せっきん》を見はっているようすもなく、二本のレールのまん中に立って、いっしょうけんめいにつるはしをふるっています。

（きっと、電車が通る時刻《じこく》がわかっているんだろうな）

そう思ったときです。

「プワンッ！」

山のむこうから、警笛《けいてき》が聞こえました。

わたしは、どきっとしました。

（まさか、むこうから電車が来るんじゃ……）

予感はあたりました。急カーブのむこうから、とつぜん、色もあざやかな特《とっ》急《きゅう》電車が、ぬっと現《あらわ》れました。

（た、たいへん！　おじさんたち、逃《に》げないと、ひかれちゃう！）

わたしは大声で知らせようとするのですが、声が出ません。おじさんたちは、特急《とっきゅう》電車にはぜんぜん気がつかないのか、工事を続《つづ》けています。特急《とっきゅう》電車も、スピードをゆるめることもなく、急カーブをまわってきます。

（わぁ！　もう間に合わない……）

わたしは、おそろしい瞬間《しゅんかん》を見なくてすむよう、ぎゅっと目をつぶり……。

そこで、目が覚《さ》めました。

（なんだ、夢《ゆめ》か……）

わたしは、ベッドの中で、ほっと息をつきました。

（それにしても、なんで、あんな夢《ゆめ》、見たんだろう……）

ひどく、いやな気分でした。それでも、夢《ゆめ》は夢《ゆめ》と、思い直して、その晩《ばん》は、そのまま寝《ね》たのです。

それから一週間後。

わたしは、家族といっしょに旅行に出かけました。父親のふるさとを初《はじ》めて訪《おとず》れたあと、近くの温泉《おんせん》旅館に泊《と》まりました。その帰り道。旅館から駅まで、タクシーに乗りました。

温泉街《おんせんがい》を出たタクシーは、しばらくすると、線路わきの道路に出ました。

なにげなく、窓《まど》の外を眺《なが》めていたわたしは、急に背中《せなか》がぞくっとしました。

（似《に》ている……）

正面に、こんもりとした山があります。道路わきの線路は、急なカーブを描《えが》きながら、その山のむこうへと消えています。

そうです。一週間前に見た夢《ゆめ》の場所にそっくりなのです。

（これはいったい、どういうこと……）

そう思っていたとき、タクシーの運転手さんが、とつぜん語り出しました。

「三日前、ここで大きな事故《じこ》がありましてね……」

「えっ？」

「そこの線路で、工事をしていた人たちが、特急《とっきゅう》電車にひかれたんですよ。あのカーブのむこうから近づいてくる電車に気づかなかったらしいんです。五人ぐらい、亡《な》くなったそうですよ」

三日前。ということは、わたしが夢《ゆめ》を見た、三、四日後ということになります。

「まあ、お気の毒《どく》にねぇ」

あいづちをうつ母親の横で、わたしは、何もいえず、ただじっと事故現場《じこげんば》にたむけられた花束《はなたば》を見つめるばかりでした。

夢《ゆめ》は、たいてい、ふしぎで、おかしなものです。ただ、それは、過去《かこ》に起きたことや、心のかたすみに眠《ねむ》っていた記憶《きおく》が、変《へん》なふうにつながったりしているから、ふつうではありえないものになるのです。

（それなのに、ぼくは、まだ起きていない事故《じこ》を、夢《ゆめ》に見たんだ……）

しかも、行ったこともなければ、自分には、なんの関係《かんけい》もない場所でのできごとを、目撃《もくげき》したかのように見たのです。

とても、ただの夢《ゆめ》とは思えません。そんなわけで、しばらくのあいだ、何度も何度も思い返しては、もやもやした気分になったものでした。

それでも、何カ月かたつうち、いつしか、予知夢《よちむ》の記憶《きおく》もうすれていきました。

そうして、すっかり忘《わす》れ去ったころ。

また、おかしな夢《ゆめ》を見ました。

わたしは空港にいました。おそらく、出発ロビーか到着《とうちゃく》ロビーでしょう。大きな窓《まど》ガラスのむこうに、たくさんの飛行機《ひこうき》が並《なら》んでいるのが見えます。

わたしは、小さいころから、飛行機《ひこうき》が大好《だいす》きでした。いまでも空港に行くと、心がわきたちますし、飛行機《ひこうき》の名前も機体《きたい》をひとめ見れば、正確《せいかく》にいえます。航《こう》空《くう》会社のマークも、だいたい知っています。

ですから、夢《ゆめ》の中の空港が、いままで行ったことのないところで、さらに、日本の空港ではないこともすぐにわかりました。なぜなら、飛行機《ひこうき》についているマークは、どれも外国の航空《こうくう》会社のものだったからです。

当時のわたしは、まだ海外旅行に出かけたことがありませんでしたが、飛行機《ひこうき》マニアとして、外国の空港の写真はいくつも見たことがありました。そして、日本と航路《こうろ》がつながっている空港なら、たいてい、一機《き》か二機《き》、日本の航空《こうくう》会社のマークをつけた飛行機《ひこうき》が止まっていることも知っていました。

(それじゃあ、ここは、日本から、そうとう遠い国なんだな……)

夢《ゆめ》の中のわたしは、ガラス窓《まど》のむこうに広がる光景《こうけい》を、興味《きょうみ》しんしんで眺《なが》めました。

するると、ちょうど目の前の飛行機《ひこうき》が、出発ゲートから動きだしたところでした。

クジラのような飛行機《ひこうき》は、ゆっくりと滑走路《かっそうろ》のはしへむかっていくのが見えます。

（おっ、あれはボーイング７４７だな。大きいなぁ、やっぱり！）

飛行機《ひこうき》は、滑走路《かっそうろ》のはしまでいくと、くるりと向きを変《か》えました。いよいよ、離陸《りりく》するようです。

わたしは、飛行機《ひこうき》が飛《と》びたつ瞬間《しゅんかん》を見るのが、大好《だいす》きです。ぐんぐんとスピードをあげて走り始めた飛行機《ひこうき》を、わたしは、わくわくしながら、見つめました。

そのとき、わたしは息が止まりそうになりました。

なんと、同じ滑走路《かっそうろ》に、別《べつ》の飛行機《ひこうき》がいたのです。

遠くにいるわたしの目にも、それが同じボーイング７４７であるのも、反対側《はんたいがわ》から突進《とっしん》してくる飛行機《ひこうき》に気づかず、のろのろと滑走路《かっそうろ》を進んでいくのも、はっきりと見えます。

（早く滑走路《かっそうろ》から出て！　ぶつかるよ！）

もちろん、このときも声は出ませんでした。でも、たとえ、出たとしてもむだだったでしょう。空港の建物《たてもの》の中にいるわたしの声が、操縦席《そうじゅうせき》に届《とど》くわけはないのですから。

一方、離陸《りりく》をしようと滑走《かっそう》するクジラのような飛行機《ひこうき》にも、まったく止まる気配はありません。

（ああ、もうだめだ！　ぶつかる！）

そう思ったところで、また、はっと目が覚《さ》めました。

（なんだ、夢《ゆめ》か……）

暗い部屋の中で、わたしは、ほっと息をつきました。そして思いました。やっぱり夢《ゆめ》って、めちゃくちゃだな、と。

飛行機《ひこうき》が墜落《ついらく》するという悲しい事故《じこ》は、残念《ざんねん》ながら、たまに起きます。でも、滑走路《かっそうろ》のどまん中で、二機《き》が衝突《しょうとつ》するなんて、聞いたこともありません。

そんなわけで、こんなばかばかしい夢《ゆめ》のことは、すぐに忘《わす》れてしまいました。

ところが三日後、なにげなく新聞をめくっていたわたしの手が、止まりました。

それは「国際面《こくさいめん》」といって、海外のニュースを伝《つた》える紙面でした。

「××空港で、大型旅客機《おおがたりょかくき》二機《き》が衝突《しょうとつ》。犠牲者数《ぎせいしゃすう》は史上最多《しじょうさいた》のおそれ」

記事によれば、滑走路《かっそうろ》に別《べつ》の飛行機《ひこうき》がいることに気づかず、離陸《りりく》をしようとした飛行機《ひこうき》が、猛《もう》スピードで衝突《しょうとつ》したとのことでした。

見出しの下には、ぼんやりとした写真が一枚《まい》、のっていました。滑走路《かっそうろ》に、爆発《ばくはつ》して、黒焦《くろこ》げになった、二機《き》のボーイング７４７の残骸《ざんがい》が写っていました。

それだけではありません。写真を撮《と》った角度は、わたしが立っていた場所からの角度と、まったく同じだったのです……。

それにしても、わたしは、なぜ、こんな予知夢《よちむ》を見たのでしょう?

もちろん、自分では、理由など、わかるはずがありません。

友人にも、相談してみたのですが、かえって質問攻《しつもんぜ》めにあうばかりです。それどころか、口々にこういわれました。

「なにかふしぎな夢《ゆめ》を見たら、すぐに教えてくれ。こんど、旅行にいくことになっているんで」

「おれ、明日《あした》、飛行機《ひこうき》に乗るんだけどさ。おまえ、なにか変《へん》な夢《ゆめ》、見てないか？」

なんだか、占《うらな》い師《し》か、予言者のように思われているようでした。

ただ、友人たちが、そう思ってしまうのもしかたがないことかもしれません。

わたしも、調べてみたことがあるのですが、未来《みらい》に起きる事件《じけん》を夢《ゆめ》の中で見たという報告《ほうこく》は、けっこうあるのだそうです。

なかでも有名なのが、「タイタニック号沈没事故《ちんぼつじこ》」です。

一九一二年、巨大豪華《きょだいごうか》客船タイタニック号が氷山に衝突《しょうとつ》して、約千五百人の犠《ぎ》

牲者《せいしゃ》を出したこの事故《じこ》は、何回も映画《えいが》にもなったりして、百年以上《いじょう》たったいまも、多くの人々の記憶《きおく》に残《のこ》っていますが、実は、その生存者《せいぞんしゃ》たちの多くが、事故《じこ》の「予知夢《よちむ》」を見ていたといわれているのです。

「口だけなら、なんとでもいえるさ」

そう思うかもしれません。ところが、沈没《ちんぼつ》する夢《ゆめ》を見たことを、乗船前に知人にむけて書いた手紙が、残《のこ》っているのです。それも一通ではなく、十通以上《いじょう》も！

こうなると、予知夢《よちむ》なんて、信《しん》じるのもバカバカしい、インチキだとばかりはいえないような気もしませんか？

信《しん》じる信《しん》じないは別《べつ》にしても、予知夢《よちむ》のおかげで、自分があぶない目にあわずにすむかもしれないのなら、とりあえず話は聞いてみよう――そう思うのが自然《しぜん》でしょう？

ところが、残念《ざんねん》ながら、わたしの夢《ゆめ》は、友人たちの役に立つことはできません。それどころか、自分の危険《きけん》さえ予知することはできません。

くりかえしますが、わたしが見る予知夢《よちむ》は、行ったこともなければ、わたしとはなんの関係《かんけい》もない場所で、まったく見ず知らずの人に起こることなのですから。

ふつう、予知夢《よちむ》というのは、本人、あるいは、そのまわりの人に起きる未来《みらい》を、夢《ゆめ》で見るものなのだそうです。だとしたら、わたしの場合は、「予知夢《よちむ》」とさえ呼《よ》ぶことはできないものなのかもしれません。

さらに、わたしは、この飛行機事故《ひこうきじこ》以来《いらい》、予知夢《よちむ》を見なくなってしまいました。

ですから、ますます、このふしぎな現象《げんしょう》の意味を考える手がかりはなくなってしまったのです。

(あれはきっと、若《わか》いころの自分の身に起きた、一時的《いちじてき》な現象《げんしょう》だったんだな……)

そう思うことにして、予知夢《よちむ》のことは、もうすっかり忘《わす》れることにしました。

でも、最近《さいきん》になって、ときどき、ふと思うときがあります。

もしかしたら、いまも予知夢《よちむ》を見ているのかも、と。

ただ、実際《じっさい》にそれが起きたことを、確認《かくにん》していないだけのことじゃないか、と。

そんなわけで、ふだん見るのとはちょっとちがった夢《ゆめ》、つまり、自分がふしぎな場所でふしぎな事故《じこ》を目撃《もくげき》しているような夢《ゆめ》を見ると、それから何日かの間は、新聞やインターネットのニュースに、注意がむいてしまいます。

(このあいだ見た夢《ゆめ》と、同じ角度で撮《と》られた写真があったら、どうしよう)

どきどきしながら、ニュース写真ばかり、ついつい見てしまうのです。

大黒神島《おおくろかみしま》の夜

山下明生《やましたはるお》

すこし昔、くわしくは二〇〇三年二月二日の朝。ぼくはバリ島のホテルでテレビのニュースを見ていた。アメリカのスペースシャトル「コロンビア号」が、大《たい》気圏再突入《きけんさいとつにゅう》中に空中分解《ぶんかい》して炎上《えんじょう》するというショッキングな事故《じこ》が映《うつ》し出された直後、つづいてあらわれたのは、けわしくとがった黒っぽい島。

「あ、あの島！」

ぼくは思わず、となりにいた妻《つま》に声を上げた。

「どこの島?」

「瀬戸内海《せとないかい》だよ。ぼくが育った能美島《のうみじま》のすぐそばの無人島《むじんとう》だ。大黒神島《おおくろかみしま》という」

「そんな日本の無人島《むじんとう》が、どうしてインドネシアのテレビに出てくるの?」

「わからん。どうやら、米軍基地《べいぐんきち》の問題と関係《かんけい》があるらしいけれど」

帰国してたしかめたところ、やはり基地《きち》問題と関係《かんけい》していた。米軍岩国基地《べいぐんいわくにきち》の拡張《かくちょう》計画にともない、大黒神島《おおくろかみしま》に夜間離着陸《りちゃくりく》練習場を造《つく》るという案《あん》が持ち上がったのだ。が、地元住民《じゅうみん》たちの反対が強く、中断《ちゅうだん》したという経緯《けいい》だった。

ぼくが子ども時代を過《す》ごした能美島《のうみじま》は、広島湾《ひろしまわん》のすぐ西側《にしがわ》にある。その島の四《し》国寄《こくよ》りに黒々とそびえるのが、周囲《しゅうい》十二キロメートル、標高《ひょうこう》四百六十メートルの大黒神島《おおくろかみしま》である。近くに小黒神《こくろかみ》という小島もあるので、大黒神島《おおくろかみしま》と呼《よ》ばれているが、ぼくたちが「黒神《くろかみ》」といえば、たいてい大黒神島《おおくろかみしま》を指している。瀬戸内海《せとないかい》では最大級《さいだいきゅう》の無人島《むじんとう》で、今では町村合併《がっぺい》で江田島《えたじま》市に属《ぞく》しているが、能美島《のうみじま》の大原《おおばら》地区と沖美《おきみ》地区からが、もっとも近い。

＊

中学生時代の休日、ぼくは同級生三、四人と、大原《おおばら》地区から伝馬船《てんません》を出し、交代で櫓《ろ》を押《お》しながら、黒神島周辺《くろかみしましゅうへん》を釣《つ》ってまわった。島の周囲《しゅうい》では、ベラやキスやクロダイやハゼなどがよく釣《つ》れた。

自分たちで餌《えさ》をほり、自分たちで釣《つ》り道具《どうぐ》を用意し、釣《つ》れた獲物《えもの》はそれぞれの家の晩《ばん》のおかずに持ち帰るという、子どもだけの一日仕事だった。

「どしてかのう？　こがいに大きな島なのに、だれも住むものがおらんいうのは」

あるとき、釣《つ》り糸をたれながら、ひとりの友だちがいいだした。

「たまに、住む人もおったそうじゃが、長つづきはせんかったげな」

べつのひとりが答える。

「なんでよ？」

「マムシのせいじゃ、いうで」

「マムシのせい？」

「毒《どく》ヘビじゃ。黒神《くろかみ》の山ん中にゃ、マムシがうじょうじょおるそうな。それで、人間はもちろん、この島にゃ四つ足動物はひとつもおらんそうな。ノウサギもシカもイノシシも」

「ほんまか。あっちの厳島《いつくしま》にゃ、野生のシカがいっぱいおるいうのに」

西の海に浮《う》かぶ厳島《いつくしま》を指さして、またひとりがいう。平清盛《たいらのきよもり》によって神の島となった厳島《いつくしま》は、千年にわたって丁重《ていちょう》に守られ、みどり豊《ゆた》かな美しい観光地《かんこうち》として栄《さか》えているが、わが黒神島《くろかみしま》は、名前に神がついていても、四国側《しこくがわ》は石を取るためにばっさりとけずり取られて、あわれなはげ山となっている。

島の高校から京都《きょうと》の大学に進んでも、ぼくは友人を誘《さそ》い、夏休みには毎年一泊《ぱく》か二泊《はく》、黒神島《くろかみしま》の浜辺《はまべ》でキャンプをした。キャンプファイヤーを囲《かこ》んで歌をうたい、雑談《ざつだん》に花が咲《さ》く。そんなとき、だれかがいいだした。

「知っちょるか。黒神島《くろかみしま》のどこかに、死人《しびと》の窪《くぼ》というんがあるそうなが」

死人《しびと》の窪《くぼ》とは、海で亡《な》くなった人が潮流《ちょうりゅう》の加減《かげん》でしばしば流れつく、せまい入江《いりえ》だ。

「おお。浮遊機雷《ふゆうきらい》にやられた漁師《りょうし》の死体が、流れついたこともあったという」

「隠《かく》し田んぼいうのもあるそうじゃ。お上《かみ》に年貢米《ねんぐまい》を納《おさ》めんですむように、こっそりかくれて田んぼをつくっておったという」

「ああ。今でもそのあとが畑になって、昼間だけ仕事をしにくる農夫《のうふ》もおるそうじゃ」

いつの間にか、このようなたくさんの噂話《うわさばなし》が、ぼくの中で、黒神島《くろかみしま》のイメージをふくらませていった。

＊

その後、童話作家になったぼくが、『毎日小学生新聞』から連載小説《れんさいしょうせつ》の依頼《いらい》を受けたとき、まっ先に頭に浮《う》かんだのは、黒神島《くろかみしま》を舞台《ぶたい》にした冒険小説《ぼうけんしょうせつ》だった。『海のようなあいつ』と題した作品は、死人《しびと》の窪《くぼ》や隠《かく》し田んぼなど、少年時代に耳にしたエピソードを取り入れながら、なんとか書き終えたが、読み返してみて今一つ物足りない。無人島《むじんとう》での夜の描写《びょうしゃ》に、迫力《はくりょく》がないのだ。キャンプでにぎやかに過《す》ごした夜はあっても、この無人島《むじんとう》の本当の夜を知らなかった。

ぼくは、お盆《ぼん》の帰省《きせい》を利用《りよう》して、黒神島《くろかみしま》の再取材《さいしゅざい》を試《こころ》みることにした。無人島《むじんとう》にひとり、十日ばかりの予定で、泊《と》まり込《こ》むことにしたのである。

さいわいにも、魚の養殖業《ようしょくぎょう》をしている義兄《ぎけい》が、適当《てきとう》な農具小屋をみつけてくれた。沖美《おきみ》地区から船で畑仕事にくる農夫《のうふ》が、必要《ひつよう》な道具を納《おさ》めている簡単《かんたん》な小屋である。

「四畳半《よじょうはん》ばかりの座敷《ざしき》があるけん、蚊帳《かや》をつれば寝《ね》られんこともないじゃろう」

義兄《ぎけい》は、「ひまを見て、入り用のものはとどけてやる」と、ぼくを安心させてくれた。

一九七五年八月はじめ、ぼくは義兄《ぎけい》の漁船《ぎょせん》に乗り込《こ》み、黒神島《くろかみしま》の牛石ノ鼻《うしいしのはな》という岬《みさき》のとなりの広い砂浜《すなはま》に上陸《じょうりく》した。そして夕方、義兄《ぎけい》たちが引き上げると、ぼくひとり、無人島暮《むじんとうぐ》らしにとりかかった。

黒神島《くろかみしま》は無人島《むじんとう》だから、電気も水道もなく、もちろん電話もない。小屋までは百メートルあまり、雑草《ざっそう》だらけの道を歩く。

道をへだてた小屋の前に、古ぼけた井戸《いど》がぽつんとあった。木のふたの上にさびたつるべがのっているが、飲めそうな水ではない。

小屋の中は、二畳《にじょう》ばかりの土間と四畳半《よじょうはん》の小上《こあ》がりだけ。海に面した側《がわ》に、木の扉《とびら》のついた出窓《でまど》がひとつあるので、その下にミカン箱を置《お》いて、原稿《げんこう》書きにそなえた。

*

陽《ひ》が沈《しず》むにつれて、ぼくは、島の表情《ひょうじょう》が急激《きゅうげき》に変《か》わっていくのを感じはじめた。さっきまでの、陽気な浜辺《はまべ》の雰囲気《ふんいき》が一変《いっぺん》して、居心地《いごこち》の悪い空気が、ぼくをつつむ。

気のせいか、「出ていけ、出ていけ」というようなうなり声が耳元ですると思ったら、やぶ蚊《か》の襲撃《しゅうげき》だ。人間の血に飢《う》えた大きな蚊《か》が、シャツの上からようしゃなく刺《さ》してくる。

大あわてでそばのヨモギを刈《か》り取り、小屋中をいぶす。ここの蚊《か》は、蚊取《かと》り線《せん》香《こう》くらいでは防《ふせ》ぎようがないと、教えられていたのだ。

煙《けむり》が小屋に充満《じゅうまん》するのを見はからい、小上《こあ》がりに蚊帳《かや》をつる。すぐさま、懐《かい》中《ちゅう》電灯《でんとう》と携帯《けいたい》ラジオをかかえて、中にもぐりこむ。

煙《けむり》がうすまると、蚊帳《かや》の外にびっしりと止まっているやぶ蚊《か》の集団《しゅうだん》が見える。幾百《いくひゃく》もの目玉がじっと中のぼくをにらんでいる。こうなったら、夜が明けるまでは、一歩も外にでないと、腹《はら》をくくった。

ラジオで広島《ひろしま》カープのナイター中継《ちゅうけい》を聞きながら、ふと見上げると、蚊帳《かや》の上の天井《てんじょう》近くには、まだヨモギの煙《けむり》がよどんでいる。

煙《けむり》をすかして、天井《てんじょう》に一本、すすけた梁《はり》が横たわっている。「あれっ！」と思ったのは、そのときだった。

天井《てんじょう》の梁《はり》に、白い影《かげ》のようなものが見えたのだ。はじめは、暑さしのぎに出窓《でまど》を開けているので、小鳥が何羽《なんわ》か止まりにきているのかと思った。でも、鳴きもしなければ、動きもしない。

枕《まくら》もとの眼鏡《めがね》を取ってたしかめるが、今一つはっきりしない。気になるので、懐中電灯《かいちゅうでんとう》を向けて照《て》らしたところ、白い影《かげ》はふいに消えた。まずは、屋根のすき間からさしこむ月の光のいたずらだと、得心《とくしん》することにした。

早朝、日の出と同時にぼくは起き出し、砂浜《すなはま》をひとり占《じ》めして、釣《つ》りをしたり泳いだりした。引き潮《しお》を見はからって、砂地《すなじ》をほれば、味噌汁《みそしる》用の貝くらい、五分もあればとれる。あまったものは、網袋《あみぶくろ》にいれて海につけ、塩出《しおだ》ししておく。

暑い日中は、岩陰《いわかげ》にござを敷《し》いて昼寝《ひるね》をする。まるで、ロビンソン・クルーソーになったみたいな、たっぷりした時間だった。

夕方、ヨモギを刈《か》りながら早めに小屋にもどると、戸口の前にキュウリとトマトが置《お》かれていた。だれの差《さ》し入れかわからないけれど、ありがたくいただいて、夕食のおかずにする。

こうしてまた、二日目の夜をむかえた。

やぶ蚊《か》襲来《しゅうらい》のまえに、早々と蚊帳《かや》にもぐりこみ、ラジオの広島《ひろしま》カープを楽しむ。なるべく、天井《てんじょう》のほうは見ないようにしながら。

しかし、ナイター中継《ちゅうけい》が終わっても、なかなか寝《ね》つけない。ラジオを消すと、きゅうに静《しず》けさがおそってくる。

すると、小屋の外の道を、だれかがちかづいてくるような足音がするではないか。人か、獣《けもの》か？　いや、この島には、四つ足動物はいないはずだが。

足音は、井戸《いど》のところで止まり、カラカラとつるべが落ちていく音がする。我《が》慢《まん》できず蚊帳《かや》をめくり、出窓《でまど》からそーっとのぞいてみたが、だれもいない。月光が、ほそい道を照《て》らしているだけ。

「気のせい、気のせい」と、自分に言い聞かせて、頭から毛布《もうふ》をかぶる。

＊

三日目も、なんとか無事《ぶじ》にひとりの夜を送り、四日目の昼まえに、親戚《しんせき》連中の海水浴《かいすいよく》をかねて、義兄《ぎけい》が陣中見舞《じんちゅうみま》いにきてくれた。小学校四年生と五年生の甥《おい》っ子も、いっしょの船に乗ってきた。ふたりの甥《おい》っ子は、無人島《むじんとう》の生活に興味《きょうみ》を示《しめ》し、ぼくといっしょに、あの小屋で寝《ね》たいという。

「蚊《か》がすごくいるぞ」といっても、「虫よけスプレーがあるから平気だ」とがんばる。

「ま、男の子だから、ちょっとした冒険《ぼうけん》なら、いい経験《けいけん》になるよ」と、親たちもいうので、かるい気持ちで泊《と》めてやることにした。

夕方になると、大人《おとな》たちは引きあげていき、ぼくと甥《おい》っ子ふたりが、無人島《むじんとう》にのこった。

にぎりめしを食べ、海水で冷《ひ》やしたスイカを切る。蚊《か》が出てくると、子どもたちは待ってましたとばかり、蚊帳《かや》の中に飛《と》びこんだ。

三人で川の字に寝《ね》ころがり、ラジオを聞く。

外には月がのぼっているらしく、かすかな明かりが、小屋にしのびこんでいる。

ラジオを消すと、耳が痛《いた》いくらい静《しず》かだ。

「ねえ、なにか話をして」と、四年生がいう。

「どんな話を？」と聞くと「こわい話がええ」と、五年生がいう。

「この島には、夜はだれもおらんはずなのに、夜中にそこの井戸《いど》で、水をくむ音がするんじゃが」

ぼくがいうと、「うそじゃ」「夢《ゆめ》を見たんじゃ」と、ふたりは本気にしない。

「わしも、気のせいじゃと思うことにしたんじゃが。それより、あそこの天井《てんじょう》の梁《はり》。ときどき、白い影《かげ》が止まっちょるんじゃが、あれも気のせいかのお」

「どこ、どこ？」と、蚊帳《かや》の上をさがしていたふたりが、きゅうにだまりこんだ。

「おまえらも、なにか見えるか？」

「うん。白いもんが」

「小鳥みたいか？」

「ちがう。人間みたい」とひとりがいえば、

「うん。チョークで描《か》いた小さな子どもみたい」

「五人おる。顔がこっちを見よる」と、ささやき声になる。

「やっぱり、そうか。それがのお、ふしぎなことに、懐中電灯《かいちゅうでんとう》の光を照《て》らすと、消えるんじゃ」

いいながら、枕《まくら》もとの懐中電灯《かいちゅうでんとう》に手をのばしたとたん、「ガタ、ガッタン！」と、大きな音がして、座敷《ざしき》がかたむいた。古い床《ゆか》がぬけたのだ。

もう、どうにも止めようがなかった。

甥《おい》っ子《こ》たちは、きゅうに恐怖《きょうふ》に襲《おそ》われたらしく、やぶ蚊《か》など問題にせず、外をめざして飛《と》び出した。競走《きょうそう》で、浜辺《はまべ》に走る。ぼくも、しかたなくあとを追った。

＊

けっきょくその夜は、小屋にはもどらず、月の明るい砂浜《すなはま》で、朝を待った。

太陽が高くなったころ、ぼくは朝食の準備《じゅんび》をするため、ひとりで小屋にもどった。

戸口のまえに、老人《ろうじん》が立っていた。採《と》れ立ての枝豆《えだまめ》をとどけにきてくれた農夫《のうふ》だった。

「あんたかい、ここで暮《く》らしよるいうんは」

ぼくを見つけると、農夫《のうふ》がいった。

「いや、ちょっと。十日ばかり、泊《と》まってみようう思うて」

「泊《と》まって、何をするんよ」

「まあ、魚釣《つ》ったり、書き物したり。童話作家ですけん」

「それで、何か変《か》わったことはなかったか？」

「あ、ゆうべ、子どもふたりがいっしょに泊《と》まったら、床《ゆか》がだいぶかたむきましたが」

「そがいなんは、ええ。おんぼろ小屋じゃけ。それにしてもあんた、肝《きも》が太いのう。わしゃ、暗うなったら、こがいないびしい、いびしいところには、ようおらん」

農夫《のうふ》が、ぼくの顔をのぞきこんでいう。「いびしい」とは、こちらの方言で、おそろしいという意味である。

「そがいに、いびしいですか？」

たずねるぼくに、農夫《のうふ》はこう答えた。

「あんた、知らんのか。この場所は、昔、大勢《おおぜい》の人が殺《ころ》されたところなんで」

「殺《ころ》された？　大勢《おおぜい》が？」

「そうよ。戦争《せんそう》が終わって間もなくじゃったが、外地から引き揚《あ》げてきた人たちが、ふた家族ほど、ここに家を建《た》てて住みはじめた」

「ここに、住んだ?」

「ああ。まさに、わしらがおる、この場所に。その引き揚《あげ》者が、外地でかせいだ金を、たんまり持ち帰ったという評判《ひょうばん》がたってよお。ある晩《ばん》、どこかから強盗《ごうとう》がしのびこみ、手斧《ておの》でもって寝《ね》ていた家族を皆殺《みなごろ》しにしたんじゃ」

「殺《ころ》した? 何人?」

「さあ、四人か五人か。その死体は、そこの井戸《いど》にも投げこまれちょったいうがな」

農夫《のうふ》はそこまでいうと、枝豆《えだまめ》をぼくの前に投げ出し、足早に去っていった。

その話を聞いたぼくは予定を早め、子どもたちを迎《むか》えにきた船で、いっしょに帰ることにした。小屋の床《ゆか》が落ちたことを、口実にして。

あの場所で殺人《さつじん》事件《じけん》があったことは、甥《おい》っ子たちには知らせなかった。

＊

バリ島で見たニュースのおかげで、黒神島《くろかみしま》の思い出を呼《よ》びもどすことになったが、あの夜以来《いらい》、ぼくは黒神島《くろかみしま》に足をふみ入れてはいない。聞くところによると、ぼくが引き上げた二、三年後、あの農具小屋は原因不明《げんいんふめい》の火事で、焼《や》けてしまったそうだ。

『海のようなあいつ』の書き直しは、いまだ手つかずのままである。

あの夏の日に

天沼春樹《あまぬまはるき》

夏の日ざかり。かんかんと照《て》りつける坂道をヒロユキさんはゆっくりとのぼっていました。ふと、ふりかえると、海がキラキラかがやいて、空にはまっしろな雲がむくむくとわきあがっています。

「ああ、やっぱり海はいいいな」

そんなひとりごとをつぶやいていました。

ヒロユキさんは、海が大好《だいす》きでした。そして、その海をゆったりとわたっていく船にもあこがれていました。ヒロユキさんのおじいさんは、大正《たいしょう》から昭和《しょうわ》の初期《しょき》、海軍兵学校《かいぐんへいがっこう》を卒業《そつぎょう》し、戦艦長門《せんかんながと》、比叡《ひえい》や、駆逐艦若葉《くちくかんわかば》で海上勤務《きんむ》したあと、霞《かすみ》ケ浦海軍航空隊《がうらかいぐんこうくうたい》でパイロットとなり、後の連合艦隊司令長官《れんごうかんたいしれいちょうかん》となる山本五十六《やまもといそろく》艦長《かんちょう》のもと、空母赤城《あかぎ》の母艦搭乗員《ぼかんとうじょういん》になった方です。お父さんも海軍兵学校《かいぐんへいがっこう》に進みましたが、終戦《しゅうせん》後医学博士《はかせ》となり、外務省《がいむしょう》のお医者さんである医務官《いむかん》として世界各地《かくち》にある日本の大使館に勤《つと》め、その後商船会社に入社して、「にっぽん丸」や「ふじ丸」といった客船の船医になった方でした。

ここは広島《ひろしま》県の尾道《おのみち》。瀬戸内海《せとないかい》の港町で、すぐそばに向島《むかいしま》があり、とてもほそい尾道《おのみち》水道があります。ヒロユキさんは、中学校二年生の夏休みに、その沖合《おきあい》にある因島《いんのしま》へ友だちに招《まね》かれて遊びに来ていたのです。

その日は家に帰る日でした。向島《むかいしま》からフェリーで尾道《おのみち》に渡《わた》り、これから列車で大阪《おおさか》へもどるところでした。

「列車の時間まで、まだ一時間以上《いじょう》もあるなあ」

町なかまで出てきたヒロユキさんは、列車のなかで読む本をさがしに駅前のアーケードにはいって、本屋さんをさがしました。本も大好《だいす》きで、ちょっとむずかしい船の本はもちろん、おとなが読むような文学書なんかも読んでいました。もしも、船に乗ることになったら、たくさん本を持っていって、読むことになるかもしれないな。そんな予感もしているのでした。

「あ、ここがいい」

二軒《けん》ほどあった本屋さんのうち、かどにあるその本屋さんは、ちかくに船員養《よう》成《せい》学校があるためか、海や船に関係《かんけい》した本もそろえてありました。ヒロユキさんの目にとまったのは、アメリカのピュリッツァー賞《しょう》をとった『ケイン号の叛乱《はんらん》』(ハーマン・ウォーク作)という本でした。アメリカ海軍《かいぐん》の予備士官《よびしかん》が主人公の小説《しょうせつ》です。「これだ!」と、ヒロユキさんは、棚《たな》から『ケイン号の叛乱《はんらん》』をひきぬいて、奥《おく》の会計にもっていきました。もう、ワクワクして、お店の人が本にカバーをしてくれる間もまちきれない気分でした。

さて、手に入れた本をかかえて、外に出ようとしたとき、本屋さんに小学校三、四年生くらいにみえる小さな女の子がかけこんできました。お店のおじさんに「森鷗外《もりおうがい》の『高瀬舟《たかせぶね》』はありますか？」と聞きました。指し示《しめ》された文庫本のコーナーにある、高い棚《たな》のほうに手をのばしています。そのすこし上の棚《たな》に、『高瀬舟《たかせぶね》』があります。

「あれっ、手がとどかないのかな。それにしても僕《ぼく》もまだ読んでいないのに、小さい子がずいぶんむずかしそうな本を読むんだな」

すこしショックだったヒロユキさんが、かわりにとってあげようかな、と思ったとき、奥《おく》からお店のおじさんが出てきて、「お嬢《じょう》ちゃん、はい、これ」といって、『高瀬舟《たかせぶね》』をすっとひきぬいて、女の子にわたしました。

よかった、と思いながら店を出て、駅のほうに歩きはじめたときです。後ろから、バタバタバタバタ、と走ってくる足音が聞こえました。足音のぬしはわかりませんでしたが、ヒロユキさんのすぐわきまで来たとき、さっきの女の子が、とつぜん前のめりになって、バターンと転んでしまったのです。あまりにもすぐそばだったので、ヒロユキさんは、すぐに手をかして、女の子をおこして、ほこりをはらってあげました。

「だいじょうぶ？」

女の子は文庫本をしっかりつかんだまま、はずかしかったのか、なにも言わないで、またいちもくさんにかけていってしまいました。

ヒロユキさんは、ほほえみながら、その後ろ姿《すがた》を見送っていました。紺色《こんいろ》のワンピースの後ろに白い大きなリボンがむすんでありました。たすけてあげたときにちらりと見えた黒い革《かわ》グッと、レースのかざりのついた白いソックスが印象《いんしょう》的《てき》で、ちょっとおしゃれさんだなと思いました。

このときのことは、ヒロユキさんはいつのまにか忘《わす》れてしまいましたが、小説《しょうせつ》

『高瀬舟《たかせぶね》』は、そのあとすぐに手に入れて何度か読みました。年齢《ねんれい》をかさねて、おとなになるまで、その作品のよさや、心にしみる登場人物の身の上やその思いはよくわかりませんでした。そして、あの夏の紺色《こんいろ》のワンピースの小さな女の子のことも心の奥底《おくそこ》にしずんでいきました。

大学を卒業《そつぎょう》して、ヒロユキさんは大きな商船会社に勤《つと》め、やがて外国航路《こうろ》の客船のセカンド・パーサーとして海の上で働《はたら》くことになりました。これで、おじいさん、お父さん、そしてヒロユキさんと、三代つづけて海の男になったわけです。

セカンド・パーサーというのは、運航《うんこう》以外《いがい》の船内のすべての業務《ぎょうむ》をとりしきるチーフ・パーサーの下《もと》で、船内の運営《うんえい》やお客さんたちのお世話をする仕事です。長い船旅のあいだ、お客さんたちがたいくつしないように、船の上でパーティーをはじめ、さまざまな文化教室などの催《もよお》し物もしなくてはなりません。スポーツデッキでの体操《たいそう》や盆踊《ぼんおど》りなどで体を動かしてもらうことも大事ですし、船内での

音楽ショーや映画《えいが》、観光地《かんこうち》のみどころの説明会《せつめいかい》も開催《かいさい》します。

船客のなかにはぶあつい本を何冊《なんさつ》も持ちこんで、旅のあいだに読破《どくは》するのだと楽しみにしている人もいます。じっくり本を読むには船旅はもってこいなのです。船の図書室にある本の中から選《えら》んで読んだり、読書好《ず》きのグループも自然《しぜん》にできたりします。しかし、大半の船客は盛《も》りだくさんのイベントに出るのに大忙《おおいそが》しでした。

ある年、国内の観光地《かんこうち》をまわる日本一周《いっしゅう》クルーズがあり、仕事で船内の司会《しかい》をするテレビ局の女の人と知り合いになりました。話してみるとヒロユキさんに負けないくらいの読書家で、ほとんどの名作は読んでしまっていましたが、さすがに海や船の本には詳《くわ》しくなかったので、何冊《なんさつ》かすすめたところ、賢《かしこ》そうな目をキラキラと少女のように輝《かがや》かせました。

「そういえば仕事ばかりで、最近《さいきん》はじっくりと本を読む時間もなかったなあ」

ヒロユキさんは、毎回持ってきていても自室のデスクの上でまだ読まずにつんである、新しい本をうらめしげにながめたものです。

その女性《じょせい》、北九州《きたきゅうしゅう》出身のサトミさんは、ふだんテレビ局で働《はたら》いていましたが、先輩《せんぱい》アナウンサーに頼《たの》まれて、今回船内の催《もよお》し物で司会《しかい》をするために乗り込《こ》んできていました。

「あの、休暇《きゅうか》で船をおりているときは、お食事でもしましょうね。なにかいい本があったら、また教えてください」

そういって東京港で船をおりていった後ろ姿《すがた》をヒロユキさんは、ちょっとまぶしそうに見送りました。外国航路《こうろ》だったら、もっとたくさん本の話ができたのになあ。

その後何年かして、ヒロユキさんと、サトミさんは、陸上《りくじょう》での休暇《きゅうか》中にときどき連絡《れんらく》をとりあうようになりました。船の上では日本沿岸《えんがん》や入港中に、ようやく手に入れた私用《しよう》の携帯《けいたい》電話で話すくらいでした。のちに船の上から公用のメールは送れる時代となりましたが、大半はパナマ運河《うんが》からメキシコによって、そのあとハワイにむかうとか、南米のマゼラン海峡《かいきょう》をぬけて、チリとペルーを経《へ》て、イースター島をめざし、太平洋を渡《わた》って東京にむかうなどの、遠洋を航海《こうかい》していたため、日本との時差《じさ》も大きく、料金《りょうきん》の高い衛星《えいせい》電話もなかなか使えなかったため、あまり話をすることができませんでした。

日本にもどってくると、二人は、たびたび本の話をしながら食事をするのが楽しみになっていきました。そしてヒロユキさんは、サトミさんのことをだんだん大切な人だと思うようになっていましたが、一年のうちほとんどは船に乗っている身。これからのこともなかなか話せずに、また船にもどっていくのでした。

そんなおつきあいが、数年ほどすぎた頃《ころ》、ヒロユキさんは、ある雑誌《ざっし》の編集《へんしゅう》部《ぶ》から会社を経由《けいゆ》して「海の男が薦《すす》める海洋冒険《ぼうけん》小説《しょうせつ》」という特集《とくしゅう》のエッセイをたのまれました。外国航路《こうろ》の船乗りが、いったいどんな本を読んで感銘《かんめい》をうけているのか興味《きょうみ》があるということでした。

ヒロユキさんは、すぐに中学生のときに読んだ『ケイン号の叛乱《はんらん》』を思い出しました。エッセイを書くとしたら、その本のことしかないような気がしました。

仕事のあいまに、エッセイはすぐに書けました。でも、これまで、社内報《しゃないほう》などにはいくつも文章を書きましたが、こんどは広く世の中で読まれる雑誌《ざっし》にのせる原稿《げんこう》です。だれかに一度読んでもらって、おかしなところがないか感想を聞きたくなりました。そのときに頭にうかんだのは、読書が好《す》きなサトミさんでした。

ヒロユキさんの乗った船は、ちょうど神戸《こうべ》から出航《しゅっこう》して瀬戸内海《せとないかい》に碇《いかり》をおろしていました。

事務室《じむしつ》にあるファックスは公用のものでしたが、会社から頼《たの》まれた原稿《げんこう》だからまあいいかと考え、書き上げたばかりの原稿《げんこう》をファックスにセットしました。短い手紙といっしょに原稿《げんこう》がジィーッと機械《きかい》にすいこまれていくあいだが、とても長く感じられたものです。「のちほど電話をかけますので、感想はそのときにお願《ねが》いします。現在《げんざい》海上におりますので」と、手紙の最後につけくわえました。

＊

サトミさんは、とつぜん送られてきたファックスを読んでいました。「海の男が薦《すす》める海洋冒険小説《ぼうけんしょうせつ》」という特集《とくしゅう》のエッセイで、『ケイン号の叛乱《はんらん》』をはじめほかの海や船の本について書かれていました。

サトミさんは、電話がかかってきたとき、ちょっとカラクチの感想を言いました。「これではただの要約《ようやく》じゃない？　なぜあなたが選《えら》んだかがわからない。そもそも、いつどこでこの本をお買いになったの？」という質問《しつもん》もしました。

その後、手なおしした原稿《げんこう》がまたファックスで送られてきましたが、その中の「中学校二年生の夏休みに旅先の尾道《おのみち》で買った本で……」という一節《いっせつ》がなぜかサトミさんの心にひっかかりました。

「あら」と、サトミさんは、ちょっとびっくりしました。夏休み、尾道《おのみち》、本屋さん……。

サトミさんは、あまりのことに息をのんでいました。二十年以上《いじょう》も前のことでした。小学校六年生のサトミさんは、夏休みを利用《りよう》して北九州《きたきゅうしゅう》の家から尾道《おのみち》の叔母《おば》さまの家に遊びに来ていました。友だちもいなかったので、数日もするとヒマをもてあまし、夏休みの宿題の読書感想文を書こうと思いました。

「ねえ、ちかくに本屋さんないかしら」

叔母《おば》さまによれば、駅前のアーケードに本屋があるとのこと。

「でも、子どもむきの本はあまりおいてないと思うわよ。あらあら、そんなにいそがなくっても本はにげやしないわよ」

駆《か》けだしたサトミさんの背中《せなか》に叔母《おば》さまの声がとどいたかどうか。

サトミさんは、思い立つとすぐに行動する活発な女の子でした。

森鷗外《もりおうがい》の『高瀬舟《たかせぶね》』はあるかしら。それは、サトミさんのお父さんが、前に薦《すす》めてくれた本でした。そうよ、外国の文学より日本のお話がいいわ。でも、だれかに買われていたらどうしよう！　そう思うと、本屋めざして全力で走っていきました。本屋のおじさんに聞いたら、おめあての文庫本は、書棚《しょだな》の高いところに……。

「あっ、あったわ！　でも、とれない」

六年生でもいちばん背《せ》が低《ひく》くて、いつも列の先頭だったサトミさんなので、ちょっと手がとどかなかったのです。

お店には、もうひとり中学生らしいお兄さんが立っていて、なんだかこちらを見ているような気がしました。なんどか背伸《せの》びをしていると、お店のおじさんが気づいて、出てきてくれました。

「この本でいいかね」

「はい」と、顔を少し赤くしながらサトミさんはうなずいて、店の奥《おく》で会計をすませました。

バタバタバタバタ！

本屋さんからとびだして、前を歩いている人を追いぬこうとしたとき、いきおいがつきすぎて、バターンとおもいっきり転んでしまいました。

「だいじょうぶ?」

ふいに、サトミさんは体が軽くなったかと思うと、たすけおこされました。追いぬこうとしたその人でした。あっと、思いました。本屋さんにいた少年でした。

日焼《ひや》けした顔に、白いシャツ、そして白いズボンに黒い革《かわ》グツ。チラリと見て、サトミさんは頬《ほお》がやけるように熱《あつ》くなって、ちいさくうなずいただけでした。

立ちあがって、あまりのはずかしさに、「ありがとう」の一言も言えず、そのままかけだしてしまいました。

叔母《おば》さまの家にもどってから、「しまった。ちゃんとお礼を言わなくちゃいけなかったのに」と、気づきました。それから、すぐに町へひきかえして、たすけてくれた少年がまだそのへんにいないだろうかとさがしまわりました。でも、見つかるはずはありません。本人のヒロユキさんは、その頃《ころ》駅で大阪《おおさか》行きの列車に乗っていたのですから。

（え、まさか！　あのとき本屋さんにいて、それから、転んだわたしをたすけてくれたお兄さんって、ヒロユキさんだったの？　まさか！　でも、尾道《おのみち》もおなじだし、本屋さんもきっといっしょだわ）

すぐに、またヒロユキさんから電話がかかってきました。

「ヒロユキさん、その本を買ったときの夏休み、尾道《おのみち》のアーケードで、転んだ女の子をたすけたことはないですか？」

「えっ、どうして？」

「まさかそんなことがあるわけないけれど、わたしはその夏、尾道《おのみち》の本屋さんで『高瀬舟《たかせぶね》』を買って帰る途中《とちゅう》に転んでしまい、お兄さんがたすけてくれたものだから……」

その『高瀬舟《たかせぶね》』という言葉を聞いた瞬間《しゅんかん》、ヒロユキさんはあの夏の日の出来事を思い出しました。『高瀬舟《たかせぶね》』を買ってかけだして、転んでしまった、紺色《こんいろ》のワンピースに白い大きなリボンの女の子。

「そのお兄さんは、白いシャツに白いズボン、黒い革《かわ》グツをはいて、真っ黒に日《ひ》焼《や》けしていたの。まるで船員さんみたいだった。その後、何回もお礼を言おうとアーケードに行ったけど見つからなかったの」

三カ月間の航海《こうかい》が終わり、ヒロユキさんの客船が東京港に戻《もど》ってきたとき、埠《ふ》頭《とう》にひとり日傘《ひがさ》をさした女の人が立っていました。すこし古くなった文庫本を大事そうに、片手で胸《むね》にかかえています。ヒロユキさんの帰りをまっていたサトミさんです。

「これ、あのときの本です」

タラップから降《お》りてきたヒロユキさんに、いとおしそうに本をさし出しました。

「ほんとうに、サトミさんがあのときの女の子だったんだね！」

当時大阪《おおさか》に住んでいたヒロユキさんと、北九州《きたきゅうしゅう》に住んでいたサトミさんが、あの年の夏休みのたった一日、広島《ひろしま》の尾道《おのみち》の小さな本屋さんですれちがっていました。ほんの一瞬《いっしゅん》の出来事。でも、それぞれの印象《いんしょう》は、ちゃんと心の奥深《おくふか》くにきざまれていたのです。

「でも、ヒロユキさんが今乗っているお船は、『高瀬舟《たかせぶね》』よりは大きなりっぱな客船ね」

あの日と同じ、上下真っ白の半袖《はんそで》の制服《せいふく》を着て船員の帽子《ぼうし》をかぶり、埠頭《ふとう》での歓迎式典《かんげいしきてん》のために降《お》りてきたヒロユキさんは、それを聞いて、頬《ほお》をすこし紅潮《こうちょう》させ背筋《せすじ》をピンとのばして敬礼《けいれい》しました。

「はい、これからは一緒《いっしょ》に大船に乗ってください！」

それからのことは、もうお話ししなくても想像《そうぞう》がつくでしょう。

ふたりは、それからしばらくして結婚《けっこん》しました。

「おふたりの出会いは？」と、ときどきたずねられるそうです。すると、ふたりは、まず自分たちが、ある夏の日に、尾道《おのみち》の本屋さんですれちがったことから話すのでした。それを知ったのは、おとなになって、知りあってからだいぶたってからのことだということも。

「なんだか背中《せなか》がゾクッとしました。運命の出会いって本当にあるんですね！」

みなおなじように、びっくりするやら、感心するやら。この話を聞いた人はみな、ほかの人にも話してあげたくなりました。ヒロユキさんとサトミさんの友人であるわたしも、そのひとりなのです。

あの夏の日の坂道。海につづく石だたみ。遠くに青く、そして輝《かがや》く静《しず》かな海。

しきりに、セミも鳴いていいます。はるか水平線の上には大きな白い入道雲がわきあがっていいます。その坂道沿《ぞ》いの町を歩いて、少年はある本屋さんをのぞきました。その本屋さんからどのような未来《みらい》がつながっているのか、そのときはまだ誰《だれ》も知らなかったのです。

著者プロフィール

山本省三（やまもと・しょうぞう）　神奈川県生まれ。主な作品に『脱走ペンギンを追いかけて』『深く、深く掘りすすめ！〈ちきゅう〉』「ゆうれいたんていドロヒュー」シリーズなどがある。

高橋うらら（たかはし・うらら）　東京都生まれ。主な作品に『夜やってくる動物のお医者さん』『犬たちがくれた音　聴導犬誕生物語』『幽霊少年シャン』「プレゼント」シリーズなどがある。

深山さくら（みやま・さくら）　山形県生まれ。主な作品に『かえるのじいさまとあめんぼおはな』『かかしのじいさん』『てんぐのそばまんじゅう』『ぼくのつばめ絵日記』『パンダのたぷたぷと十二支のはじまり』などがある。

みおちづる　埼玉県生まれ。主な作品に「少女海賊ユーリ」シリーズ、『ドラゴニア王国物語』「ダンゴムシ　だんごろう」シリーズ、『翼もつ者』などがある。

後藤みわこ（ごとう・みわこ）　愛知県生まれ。主な作品に『ボーイズ・イン・ブラック』（全4巻）、『ぼくのプリンときみのチョコ』『秘密の菜園』『100回目のお引っ越し』『ルルル♪動物病院』（全3巻）などがある。

金治直美（かなじ・なおみ）　埼玉県生まれ。主な作品に『さらば、猫の手』『マタギに育てられたクマ』『ミクロ家出の夜に』『子リスのカリンとキッコ』『知里幸恵物語』『私が今日も、泳ぐ理由』などがある。

名木田恵子（なぎた・けいこ）　東京都生まれ。射手座。主な作品に『初恋×12歳　赤い実はじけた』『ラ・プッツン・エル』『ドラキュラの町で、二人は』などがある。

石崎洋司（いしざき・ひろし）　東京都生まれ。主な作品に「黒魔女さんが通る!!」シリーズ、「マジカル少女レイナ」シリーズほか多数がある。『世界の果ての魔女学校』で第五十回野間児童文芸賞受賞。

山下明生（やました・はるお）　東京都生まれ。『はんぶんちょうだい』で小学館文学賞、『海のコウモリ』で赤い鳥文学賞、『カモメの家』で野間児童文芸賞・日本児童文学者協会賞受賞。紫綬褒章受章。

天沼春樹（あまぬま・はるき）　埼玉県生まれ。作家、翻訳家。飛行船の歴史の研究家でもある。主な作品に『タイムマシンクラブ（共著）』（全3巻）、『郵便配達マルコの長い旅』など多数がある。

編　者

たからしげる

1949年、大阪府生まれ。立教大学社会学部社会学科卒業。産経新聞社入社。記者として働きながら児童書を書き始める。主な作品に「フカシギ系。」シリーズ、「絶品らーめん魔神亭」シリーズ、「フカシギ・スクール」シリーズ、『闇王の街』『ミステリアスカレンダー』『ふたご桜のひみつ』『盗まれたあした』『ギラの伝説』『さとるくんの怪物』『みつよのいた教室』『落ちてきた時間』『ラッキーパールズ』『プルーと満月のむこう』『想魔のいる街』『由宇の154日間』『３にん４きゃく、イヌ１ぴき』『ガリばあとなぞの石』、ノンフィクションに『まぼろしの上総国府を探して』『伝記を読もう　伊能忠敬』、絵本に『ねこがおしえてくれたよ』(久本直子絵)、訳書に「ザ・ワースト中学生」シリーズ（ジェームズ・パターソンほか著）などがある。2014年、産経新聞社編集局文化部編集委員を最後に退社。趣味は映画鑑賞とドラム演奏。

イラストレーター

shimano

神奈川県在住。イラストレーター。書籍の装画や挿絵など、幅広くイラストを手がける。主な装画に、『僕が愛したすべての君へ』『君を愛したひとりの僕へ』『一番線に謎が到着します　若き鉄道員・夏目壮太の日常』『なくし物をお探しの方は二番線へ　鉄道員・夏目壮太の奮闘』『きみといたい、朽ち果てるまで　～絶望の街イタギリにて』『この世で最後のデートをきみと』などがある。

本当にあった？　世にも不思議《ふしぎ》なお話

2017年３月15日　第１版第１刷発行

編　　者　たからしげる
発 行 者　山崎　至
発 行 所　株式会社ＰＨＰ研究所
東京本部　〒135-8137　江東区豊洲5-6-52
児童書局　出版部　☎03-3520-9635（編集）
普及部　☎03-3520-9634（販売）
京都本部　〒601-8411　京都市南区西九条北ノ内町11
PHP INTERFACE　http://www.php.co.jp/

制作協力
組　　版　株式会社ＰＨＰエディターズ・グループ
印 刷 所
製 本 所　図書印刷株式会社

ISBN978-4-569-78630-8

※落丁・乱丁本の場合は弊社制作管理部（☎03-3520-9626）へご連絡下さい。送料弊社負担にてお取り替えいたします。
NDC913 <192>P 20cm